雪の翼のフリージア

松山　剛
Takeshi Matsuyama
イラスト†ヒラサト
illustration Hirasato

Freesia Giganteum
フリージア・ギガンジューム
一度翼を失った飛翔士《ルーラー》。
《義翼》で再び大空を
目指す。

「どんなのがほしいんだ?」
彼は手元の袋を何やら整理しながら、粗野な口調で言った。客商売という言葉の意味を全く解していないその対応に、私は内心で呆れる。
——いいわ。問題は腕だから。
「最高の義翼がほしいの」私は気を取り直して用件を告げた。「天覧飛翔会《グラン・ルーラ》を制する、最高の義翼を」

Garet Marcus
ガレット・マーカス
若くして
匠の腕を持っている
天才《義翼》職人。

「『叩き十年、組み三年』という言葉がある」

「なにそれ？」

「『叩き』は十年修行しないと一人前にならない、って意味さ。それくらい義翼職人にとって『これ』は大事なんだ」

そう言うと、ガレットはハンマーを掲げてニヤッと笑った。その笑顔は好きな玩具で遊ぶ子供のように無邪気だ。

——変なヤツ。

「芋虫は、時が経てば蝶になりますけど」
彼女はおもむろに、詩情めいた言葉を口にした。
「羽をもがれた蝶は、芋虫に戻れるのかしらね」
Gloria Goldmary
グロリア・ゴールドマリー
フリージアの《墜落》後、エースの座を手にしたライバル。

「フリ姉ちゃん、どこから来たの？」
クローバーが声をかけてきた。
「フリ姉ちゃん？」
「ガレットだからガレ兄ちゃん、
フリージアだからフリ姉ちゃん」
Clover Tectorum
クローバー・テクトラム
ガレットに《義翼》を
作ってもらった
少年。

Freesia with a snow wing

CONTENTS

P011 ◆ 序章

P015 ◆ 第一章　彼と出会った日×彼女と出会った日

P047 ◆ 第二章　少女を裸にした日×私が裸にされた日

P079 ◆ 第三章　肌に触れた日×肌に触れられた日

P137 ◆ 第四章　さよならを告げた日×さよならを告げられた日

P189 ◆ 第五章　見てしまった日×見られてしまった日

P249 ◆ 第六章　彼との距離×彼女との距離

P271 ◆ 第七章　最後の日×決着の日

P299 ◆ 終章

デザイン◎鈴木 亨

雪の翼のフリージア

Freesia with a snow wing

帝国暦《ていこくれき》八三三年七月九日。
フリージア・ギガンジュームは墜落《ついらく》した。

【序 章】

運命の出会いだった。

「えいっ！」

その日も、私は空を目指していた。小さな翼《つばさ》を限界まで広げて、力いっぱい羽ばたく。

でも、次の瞬間《しゅんかん》にはドシンと尻《しり》もちをついてしまう。

──いたぁい……。

ずきずきと痛むお尻をさすって、涙《なみだ》をにじませる。

友達はみんな飛べる。ルー君も、アッたんも、アッたんの四歳の妹だってみんなみんな飛べる。でも、もう七歳になるというのに、私だけが飛べるようにならない。

「たあっ……！」

私はめげずに、もう一度大地を蹴《け》り、空を目指す。

でも。

ドシン、と尻もちをついて、私はまた大地へと引き戻《もど》された。これでもう何十度目か。

──いたいよぉ……。

どろんこになった服と、擦《す》り傷《きず》だらけの膝小僧《ひざこぞう》。顔も、手も、全身至るところがズキズキと痛んで、私はますます泣きたくなる。

そのときだ。

空を見上げて、驚《おどろ》いた。

——すごぉい……。

それは天空を覆《おお》うような白銀の翼だった。大きくて、長くて、何よりとても美しい翼が、私の頭上に広がっていた。

——きれい……。

私は目を丸くして、呆然《ぼうぜん》と「彼」の姿を見つめた。

彼は軽《かろ》やかに私の前に舞《ま》い降りた。折り目の正しい黒の飛翔服《ルーラ・オール》には、つややかな銀色の長《ちょう》髪《はつ》がさらりと掛《か》かり、陽光が彼の姿を荘厳《そうごん》に照らす。そのまばゆいばかりの白銀のシルエットは、今でも私の瞳《ひとみ》に——そして胸の奥に焼きついている。

「……大丈夫《だいじょうぶ》か？」

彼は、私に向かって手を差し伸《の》べた。大きくて、しなやかで、指の長い手。

「だぁ……れ？」

知らない人だった。知らない人について行ってはいけません——母の言葉を思い出す。

でも、そのときの私には、彼に対する警戒心《けいかいしん》はなかった。とても優《やさ》しい微笑《ほほえ》みを浮かべていたから、かもしれない。

「……おまえ、飛びたいのか？」

彼は大きくて美しい翼をバサリと動かした。

「うん、とびたい」

コクリと私はうなずいた。

「おねえちゃんに、なるから」

「お姉ちゃん？」

「もうすぐね、いもうとができるの。そしたら、わたし、おねえちゃんになるの。だからね、しっかりしないといけないの。とべないと『おねえちゃんしっかく』なの。だからね、だからね……」

最後は泣いていた。

すると彼は、白いハンカチを取り出し、私の頰《ほお》を優《やさ》しく拭《ぬぐ》ってくれた。それが妙《みよう》にくすぐったかったのを、今でもよく覚えている。

「そうか。お姉ちゃんになるのか」

彼は大きな手で、私の頭を優しく撫《な》でてくれた。

そしてこう言った。

「じゃあ、俺が教えてやるよ。空の飛び方」

それが、すべての始まりだった。

【第一章】

彼と出会った日×彼女と出会った日

坂道を転げ落ちた。

それはまさに私の人生を象徴《しょうちょう》するような転落で、派手に転がって、もんどりを打って地面に叩《たた》きつけられた。

軽傷で済んだのは不幸中の幸いだった。手足に擦《す》り傷《きず》が出来たし、体中がズキズキと痛むが、骨が折れていないだけマシなほうだ。

腕《うで》に力を込め、何とか上半身を起こす。動かない右足を引きずりながら、車椅子《くるまいす》のところまで不格好に這《は》って進む。横倒《よこだお》しになった愛車は片方の車輪が外れ、もう片方の車輪はひねくれた満月のように壊《こわ》れている。完全にガラクタだ。

ギッ、と奥歯を鳴らし、拳《こぶし》を握《にぎ》り締《し》める。体の奥底から湧《わ》き上がるこの感情は怒《いか》り、紛《まぎ》れもない怒り。何に怒っているかといえば、手汗《てあせ》で坂道を転げ落ちるようなドジを踏《ふ》んだ自分自身に対してだ。せめてストッパーをかけていれば……などと思っても後の祭りだ。壊れたものは、もう元《もと》に戻らない。

車椅子から荷物を外し、背中にくくり付ける。見上げれば、坂道の向こうで太陽が私をあざ笑っている。おまえには登れまい、と言わんばかりに陽光がぎらつく。

――見てなさい。今、踏破《とうは》してやるから！

動かない右足を引きずりながら、私は坂道に向かって手を伸《の》ばした。

想像を超《こ》えていた。

両手を開き、必死に地面を摑《つか》む。かろうじて動く左足で、体を持ち上げる。右足は役に立たないまま、しっぽのように引きずる。そしてまた、右手を前に伸ばす。

――く……。

疲労《ひろう》のために握力《あくりょく》が尽《つ》きてくる。それでも行程は半分にも満たない。放浪《ほうろう》生活で体重は減り続けたのに、今は体が鉛《なまり》のように重い。

――負けない。

坂道に這いつくばりながら、私は腕を伸ばす。砂利《じゃり》が擦《こす》れ、手のひらにも二の腕にもいくつもの赤い線が走る。

――私は誇《ほこ》り高きギガンジューム。だから負けない。諦《あきら》めない。

流れ出す血と、痺《しび》れる左足、軋《きし》む体の痛み。私は歯を食いしばり、黙々《もくもく》と登った。いつものことだ、そう、これはいつものこと。痛いのも、苦しいのも、いつものことなんだ。

いったいどれほどの時間を費《つい》やしただろうか。

絶望的なまでに長かった坂道が、ようやく終わりを告げる。私は右手を伸ばし、最後のひと搔《か》きに力を込めた。

そのときだ。

巨大《きょだい》な翼《つばさ》が、横切った。


——あ！


それは少年だった。身長を超《こ》えるほどの長い長い翼を広げた少年が、私の上空をぐるりと旋《せん》回《かい》した。

坂道に身を横たえたまま、私は呆然《ぼうぜん》と空を見上げる。少年の姿は太陽を背にして巨大な猛禽《もうきん》のように雄々《おお》しかった。

やがて少年は、バランスを取りながら、ゆっくりと草原に着地した。

草原には二人の人物がいた。

一人は今しがた飛んでいた少年。ややとんがったライトグリーンの髪《かみ》と、活発そうな飴色《あめいろ》の瞳《ひとみ》。年のころは十歳ほどに見える。

その隣《となり》には背の高い男性。顔には眉間《みけん》から左頬《ほお》にかけて、刃物《はもの》で切られたような大きな傷痕《きずあと》があり、灰色の長い髪を背中で縛《しば》っている。左足はぎこちない感じで折れ曲がっており、『義足』を着けていることが一目で分かる。

耳を澄《す》ますと会話が聞こえてきた。二人とも私が草原に続く坂道に来ていることには気づいていないようだった。

「見せてみろ」

男は少年の背後に回り、左側《がわ》の翼を確かめた。陽光を浴びて光り輝《かがや》いているのは、金属製の『義翼《ぎよく》』——翼が不自由な者が装着する飛翔《ひしょう》補助用具だ。

「よし、修理完了《かんりょう》だ。帰ってもいいぜ」

「やった！」

少年はバッと万歳をするように翼を広げた。そして、タンッと大地を蹴《け》って空に舞《ま》い上がった。

「あまり高く飛ぶなよ！　雲上馬車《ペーガ・ホイル》に轢《ひ》かれっからな！」

「分かってる！」

少年は翼を大きく広げて風に乗る。「またねガレ兄ちゃん！」と叫《さけ》ぶ声は徐々《じょじょ》に遠ざかり、その姿は太陽の向こうへと消えて行く。

「あーあー、高く飛ぶなって言ったろうが……」

男は少年の後ろ姿を見つめながら、あきれたようにつぶやいた。

そんな二人のやりとりを、私は興味深く見つめていた。気づけば手が震《ふる》えていた。ずっと追い求めてきたものが目の前にあった。

だから思わず叫《さけ》んでいた。

「――義《ぎ》翼《よく》屋！」

Garet

「――義翼屋！」

突然《とつぜん》、女の声がしたので、俺は振《ふ》り返った。

「あ？」

見れば、草原から下る坂道に一人の少女が立っていた。

――誰《だれ》だ？

それは不思議な少女だった。まず目についたのは燃えるような赤い髪《かみ》。そして髪と同じ色の大きな瞳《ひとみ》は、こちらに殺意があるかのごとく鋭《するど》い光を放っている。

ただ、明らかに身なりは粗末《そまつ》だった。上着もスカートもあちこちが擦《す》り切れており、羽織っているローブもボロボロに破れている。右足は不自由らしく、右手に持った杖《つえ》でかろうじて体を支えている。一見すると物乞《ものご》いに間違《まちが》えられてもおかしくない格好だ。

――なんだ、こいつ……。

まるで誇《ほこ》り高《たか》い貴族の令嬢《れいじょう》が、ドブに落ちて真っ黒になり、怒《いか》りを溜《た》め込んで屹立《きつりつ》している

ような容姿。

「……呼んだか？」

とりあえず、俺は赤髪《あかがみ》の少女のほうに歩いて行った。ギッ、ギッ、と義足が軋《きし》む。今日はいささか調子が悪い。

対峙《たいじ》してみて、俺は驚《おどろ》いた。

少女は美しかった。大きな赤い瞳《ひとみ》と白く美しい頬《ほお》、品のある薄《うす》い桃色《ももいろ》の唇《くちびる》。やはり、貴族の令嬢《れいじょう》という第一印象のとおりだが、肌《はだ》が白いぶん、頬にこびりついた土の汚《よご》れが目立つ。

「あなた、義翼《ぎよく》屋なのでしょう？」

声も美しかった。鈴《すず》が鳴るように硬質《こうしつ》で、それでいて潤《うるお》いを感じさせる声。

「ああ、そうだ」

「アキレス亭《てい》のガレット・マーカス……よね？」

「何の用だ？」

俺がいつもどおりのぞんざいな口調で返すと、少女は顔をしかめた。

「義翼を造ってほしいの」

——やっぱり客か。

俺は頭をボリボリと掻《か》き、顎《あご》をしゃくった。

「おい、ブッフォン！」

愛馬の名を呼ぶと、「ブッフォアー！」と鳴き声がして一頭の四翼馬《ペーガ》が空から舞《ま》い降りて来た。四枚の翼《つばさ》がバタバタとあたりの大気を震《ふる》わせ、黒い影《かげ》が俺たちを覆《おお》う。少女は驚いたように四翼馬を見上げていた。

「乗りな」

――この男が……名工？

四翼馬の後ろにまたがりながら、手綱《たづな》を握《にぎ》る男の背を見つめる。今は服の中に翼を仕舞《しま》っているらしく、外からは見えない。

ガレット・マーカス。

私が『義翼』のことを調べ始めて以来、男の名は事あるごとに出てきた。いわく「若き名工」、いわく「天才職人」。その評判は町を越《こ》えて漏《も》れ伝わってきた。顔に残る大きな傷痕《きずあと》は言い知れぬ迫力《はくりょく》を感じさせ、あまり堅気《かたぎ》の商売人には見えない。

「ブーフッ！」

四翼馬はかなりの老馬に見えたが、スピードは相当なものだった。吹《ふ》きすさぶ風の中、眼下では緑と黄色のコントラストを描《えが》いて田園が過ぎ去って行く。男の背中越しに陽光が射《さ》し込む

する。

やがて、街が見えてくると、馬はゆっくりと降下を始めた。町外れにある一軒家《いっけん》の前に着地すると、まぶしくて思わず目をつむった。

——やっぱり、間違《まちが》いないわね。

店の看板には、『四翼天馬紋《ペーガ・ルーン》』と呼ばれる紋章《もんしょう》が刻まれていた。四枚の翼《つばさ》を広げた白馬が、円形の枠《わく》の中に押《お》し込められたデザイン。

私は胸元《むなもと》を探《さぐ》り、ペンダント状にして提《さ》げていた一本の『笛《ブー》』を取り出す。それは女性の小指ほどの細長い笛で、先端《せんたん》に四枚の小さな翼が付いている。こうして近くで見比べても、『四翼天馬紋』とそっくりの形をしている。やはりここが目的の店で間違いない。

「ここだ。降りろ」

ガレットはぶっきらぼうに言うと、馬から降りてさっさとアキレス亭《てい》に入ってしまった。

「あ、ちょっと」

慌《あわ》てて私も白馬から降りる。気を利《き》かせたのか、四翼馬が腰《こし》をかがめてくれたので何とか降りられた。どうやら賢《かしこ》い馬のようだ。

木製の扉《とびら》に体重をかけるようにして、店内に踏《ふ》み込むと、

——わあ……。

極彩色《ごくさいしき》の光景が、一斉《いっせい》に飛び込んできた。壁際《かべぎわ》には見本らしき『義翼《ぎよく》』がずらりと並んでお

り、赤、青、黄、緑、白と色とりどりの輝《かがや》きを放っている。まるで宮殿《きゅうでん》を飾《かざ》る美術品のように煌《きら》びやかだ。一枚一枚の義翼には、骨組みの部分に指先ほどの小さな紋章が刻まれており、この店で造られたものだと一目で分かる。

私が義翼に見とれていると、「……で？」とガレットが声をかけてきた。

「どんなのがほしいんだ？」

彼は手元の袋《ふくろ》を何やら整理しながら、粗野《そや》な口調で言った。客商売という言葉の意味をまったく解していないその対応に、私は内心であきれる。

——いいわ。問題は腕《うで》だから。

「最高の義翼がほしいの」私は気を取り直して用件を告げた。「天覧飛翔会《グラン・ルーラ》を制する、最高の義翼を」

彼は一瞬《いっしゅん》、驚《おどろ》いたような顔をして、

「断る！」

Garet

「え？」

少女は大きな瞳《ひとみ》を見開くと、驚《おどろ》いた顔で、

「今、なんて言ったの？」

「断る、って言ったんだ」

「なぜ？」

なぜもクソもあるか。

「冗談《じょうだん》につきあってる暇《ひま》はないんだ。さあ帰れ」

俺は体当たりをするように少女を玄関《げんかん》まで押し戻《もど》す。腹が立って本当は突《つ》き飛ばしてやりたいくらいだ。

「ちょっと待ちなさい！　こら、待ちなさい！」

少女はよろめきながらも必死に抵抗《ていこう》してくる。

「無礼者！　この手を離《はな》しなさい！」

小さな体に似合わぬ迫力《はくりょく》で少女は叫《さけ》んだ。俺は改めて問いただす。

「おまえ、さっきなんて言った？」

「天覧飛翔会《グラン・ルーラ》を制する、最高の義翼《ぎよく》を造りなさい。……そう言ったのよ」

少女はひるんだ様子を少しも見せずに、さっきと同じ言葉を繰《く》り返した。その赤い瞳《ひとみ》には一点の曇《くも》りもない。

「天覧飛翔会が何だか分かってんのか？」

「当たり前よ」

心外ね、と言わんばかりに少女は俺を睨《にら》んでくる。

天覧飛翔会は、ウィンダール帝国《ていこく》で年に一度開催《かいさい》される、最高の飛翔士《ルーラー》を決める一大レースだ。国内外の有名飛翔士が『天に切り立つ崖《がけ》』に集結し、帝国を三日間かけて一周する。全世界から翼《つばさ》に覚えのある猛者《もさ》たちが何万人と集結するが、本選に出場するためには厳しい審査《しんさ》をパスしなければならない。

――それを義翼で？

「これが代金よ」

少女は俺に向かって、ずいっと財布《さいふ》の袋《ふくろ》を差し出した。

「金の問題じゃねえんだ」

俺は財布を押し戻す。

そもそも、義翼というものはあくまで補助用具にすぎない。事故や病気、もしくは先天的な疾患《しっかん》により翼の欠けている者が、どうにか日常生活を送れるだけのサポートをするものだ。プロ中のプロが集《つど》う飛翔《ひしょう》レースでは当然ながら義翼の出場者など一人もいないし、ましてや最高《さいこう》峰《ほう》の天覧飛翔会に出るなど悪い冗談《じょうだん》だ。

「いいから受け取りなさい」

俺の胸に押しつけるように、性懲《しょうこ》りもなく財布が突き出される。その拍子《ひょうし》に、紐《ひも》で縛《しば》っていた袋《ふくろ》の口がわずかに開いた。

——あ？

俺は「ちょっと貸せ」と引ったくるように少女から財布《さいふ》を取り上げると、その中身を確かめた。

「やっぱりな。……全然、足りねぇよ」財布を突《つ》き返す。「見たところ五万ちょっとしか入っていない。これじゃ話にならねえ」

「え、だって……」

少女は目を瞬《またた》かせた。

五万ダールといえば一般《いっぱん》的には大金だ。ノウスガーデンの平均的な労働者なら三ヶ月分の賃金に相当する。ただしその程度じゃ義翼《ぎよく》の材料費だって賄《まかな》えはしない。

「どういうこと……？」

少女は不審《ふしん》げな顔で俺を見る。

「義翼の相場を知らないのか？」

「標準的なもので、五万ダール前後と聞いたわ」

「それは一般用の話だな。……飛翔《ひしょう》レースに出るなら、相当軽くて高級な素材を使わないといけない。当然、値段はケタ違《ちが》いに跳《は》ね上がる」

「いくら……するの？」

出会って初めて、少女の顔が不安そうに曇《くも》ったのが分かった。だが俺には関係ない。

「ざっと……五十万ダール」

「そんなに……」

金額を聞いた途端《とたん》、少女は息を飲んだ。赤い瞳《ひとみ》が蠟燭《ろうそく》の炎《ほのお》のように揺《ゆ》れ、か細い指が財布をギュッと握《にぎ》り締《し》めるのが見えた。

俺にとって、実のところ客の経済力は問題ではない。相手の心意気や境遇《きょうぐう》次第《しだい》では、どんなに安価でも依頼《いらい》を請《う》け負ってきた。

だからそれは口実だった。

「帰れ。金がねぇんだから、おまえはもう客じゃねえ」

その言葉に、少女は歯をギッと食いしばった。眉間《みけん》には恐《おそ》ろしいくらい皺《しわ》が寄り、驚愕《きょうがく》、憤怒《ふんぬ》、失望、敵意――凝縮《ぎょうしゅく》された感情が、その赤い瞳に宿った。なんか猛禽《もうきん》みたいな野郎《やろう》だな、と俺は思った。

「……そうね」

少女は搾《しぼ》り出すように言った。

「お金がなければ、客とは言えないわね」

ゆっくりと俺に背を向けると、少女は杖《つえ》で体を支えながら扉《とびら》を開けた。その肩《かた》はブルブルと激情に耐《た》えている。

外ではちょうど夕陽《ゆうひ》が沈《しず》みかけていた。少女の華奢《きゃしゃ》な背中から、細長い影法師《かげぼうし》が寂《さび》しげに地面に伸《の》びる。

その影を一瞥《いちべつ》すると、俺はわざと扉《とびら》をきつく閉めた。

◯

俺はベッドに横たわり、薄汚《うすよご》れた天井《てんじょう》を見上げていた。古ぼけたランプだけが室内をぼんやりとオレンジ色に照らし、寒さが暗がりから這《は》い寄ってくるような夜だ。

仕事はさっぱり進まなかった。少女との出来事が頭にチラつき、始めて一時間も経《た》たぬうちにやめてしまった。

——くそ、眠《ねむ》れやしねえ。

——義翼屋《ぎよく》!

目を閉じると、少女の姿を思い出す。ボロ布をまとい、ガリガリに痩《や》せているのに、瞳《ひとみ》だけは強い光を放っていたあの少女。

相手の依頼《いらい》が非常識だから断った。そう考えれば別に気に病《や》むようなことではない。それは分かっていたが、だとしたらこの怒《いか》りはなんだ?

義翼で、飛翔会《ルーラ》に出て、優勝する。そんなことは考えたこともなかった。そして、自分が実現できっこないと最初から諦《あきら》めていた『夢』を、少女は高らかに宣言してみせた。それが気に入らなかった。何よりもまず気に入らないのは、ハナから諦めている自分自身だ。

──あー、ふざけやがって……！

行き場のない怒りをぶつけるべく、両足をベッドに打ちつける。もちろんそんなことをしても気分は晴れない。切断した左足が痛み、それが余計に俺を苛《いら》つかせる。

──酒でも飲むか。

ベッドから体を起こし、左足に義足を装着する。ギシギシと音を立てながら、ランプだけの薄暗《うすぐら》い店内を歩き、酒瓶《さかびん》の置いてある戸棚《とだな》へと向かう。

そのときだ。

「義翼屋！　義翼屋……っ！」

玄関《げんかん》の扉が強く叩《たた》かれた。

──また来やがったな！

このとき、俺の鬱屈《うっくつ》していた気持ちは一変した。急に心の中で炎《ほのお》が燃え上がり、小さいころ近所の友人と目いっぱい喧嘩《けんか》したときのような、がむしゃらな怒りが湧《わ》き上がった。

勢いよく扉を開くと、

「うるっせえな！　力任せに叩いてんじゃねえ！」

途端《とたん》に外から冷たい風が流れ込み、雪の粒《つぶ》が顔面に吹《ふ》きつける。

扉《とびら》の前には案《あん》の定《じょう》、あの少女がいた。

「まーたてめえか！　だいたい今、何時だと――」

そこで俺は息を飲んだ。

少女は玄関《げんかん》前のスロープにべったりと座り込んでいた。杖《つえ》さえ持っておらず、全身が吹《ふ》きつける雪で真っ白に染まっており、赤い髪《かみ》も雪で白髪《しらが》のようになっている。

「おまえ……」外気と同じく、俺は自分の怒《いか》りが急に冷えるのを感じた。「いったいどうした……？」

スロープに座り込んだ少女は、浅い呼吸を繰《く》り返しながら「……ぎ、義翼《ぎよく》、屋」と苦しげな声を出した。その唇《くちびる》は寒さにわなないている。

「お、お、お金を……」

その細い指を震《ふる》わせながら、少女は懐《ふところ》から白色の袋《ふくろ》を取り出す。

――あ？

そこで俺は、少女の髪が短くなっていることに気づいた。昼に見たときは腰《こし》まで掛《か》かるほどに見事だった長髪《ちょうはつ》が、今は耳元くらいまでしかない。

「……す、す、少し……だけ、ど」少女は苦しげに言った。「よ、よ、用意、した……の」

少女が震える手で袋を差し出したので、俺は思わず受け取ってしまった。その中身は以前よりわずかだが銀貨の量が増えているような気がした。

「この金、どうやって――」と俺が訊《き》こうとしたときだった。

ドサリ、と少女は力尽《つ》きたように背中から倒《たお》れ込んだ。「おい！」と俺は駆《か》け寄り、少女を抱《だ》き起こす。

そして気づいた。


道が、出来ていた。


店の前の通りには、まるでソリの走った跡《あと》のように、雪が掻《か》き分けられて一本の『道』が出来ていた。その道は街中の向こうまで続いており、この少女が雪道を這《は》いつくばり、匍匐《ほふく》前進をしながらここまでたどり着いたことを示していた。

――ウソだろ……。

降り注ぐ雪の粒《つぶ》を頭に浴びながら、俺は呆然《ぼうぜん》と『道』を見つめる。

「うう……」

腕《うで》の中で、少女が苦しげにうめく。その唇は恐《おそ》ろしいまでに紫色《むらさきいろ》をしている。

ちきしょうめ。

○

俺は少女を抱《だ》き上げ、店の奥まで運んだ。

さっきまで自分が寝《ね》ていたベッドに少女を横たえると、雪をパッパとはらう。しかし雪は服の中にまで入り込んでいるらしく、それだけでは体温の低下を止められそうもない。

——ちっ！

俺は少女の服を脱《ぬ》がせることに決めた。正直、見ず知らずの者にそこまでしてやる義理はなかったが、こんなところで死なれては店の評判にもかかわる。

少女の体を起こし、背後から万歳をさせるようにして上着を脱がせる。その背中には、包帯にも似た分厚い布地が巻かれている。これは翼胸帯《ルーベル》という、折り畳《たた》んだ翼《つばさ》を保護する『下着』だ。

俺は少女の『翼胸帯』を丁寧《ていねい》にほどいた。すると、

——!!

帯をほどいた瞬間《しゅんかん》だった。少女の背中からは大輪《たいりん》の花が咲くように、一気に『翼』が広がった。俺の背丈《せたけ》を超《こ》えるほどの、大きく、長く、そして何より雪のように美しい純白の翼が視界を埋《う》め尽《つ》くした。

――こいつは……。

しばらく俺は、その翼の美しさと――そして残酷《ざんこく》さに目を奪《うば》われた。

雪溶《と》けの雫《しずく》で覆《おお》われた純白の翼は、神々《こうごう》しいまでに美しく、朝陽《あさひ》に煌《きら》めく銀世界のように鮮《あざ》やかだった。ただ、墜落《ついらく》の影響《えいきょう》なのか、右の翼については先端《せんたん》部分が三分の一ほどザックリと消失していた。医師による切断手術を受けたことは縫合《ほうごう》の痕《あと》から明らかだった。

俺は少女の翼を丁寧に翼胸帯で包んだ。それから全身を、温かそうな厚手の服に着替《きが》えさせ、毛布を掛《か》けた。すると少女は安心したように安らかな寝息《ねいき》を立て始めた。

オレンジ色のランプがぼんやりと照らす闇《やみ》の中、少女の白い顔が浮かび上がる。その寝顔はとてもあどけなくて、幼くて、昼間の張りつめた表情が嘘《うそ》のようだった。ふと、俺はその顔に見覚えがある気がした。

風で裏口が揺《ゆ》れると、興奮して愛馬がいなないた。

雪は強さを増していた。

Freesia

カーン、カーンと音が聞こえる。

何かを叩《たた》くような、事の起こりを知らせる鐘《かね》の音のような、そんな金属音。

それで私は目を覚ました。

――う……。

瞼《まぶた》がひどく重かった。後頭部に張り付いたような鈍《にぶ》い眠気《ねむけ》があり、意識はあるのに体が言うことを聞かない。

――何の音だろう？

カーン、カーンと何かを叩《たた》く音は、一定のリズムで続いており、それが「起きろ、起きろ」と催促《さいそく》しているようにも聞こえる。室内にはまぶしい朝の光が溢《あふ》れており、手のひらには心地《ここち》よい布の手触《てざわ》り。そこで私は自分がベッドに寝《ね》ていることに気づいた。

――私、どうして……？

朦朧《もうろう》とする意識の中、眠りに落ちる前の記憶《きおく》をたどってみる。しかし、目覚めかけの思考力ではなかなか記憶の糸を手繰《たぐ》ることができない。

「ここは……」

何とか首だけを動かして、周囲の様子を窺《うかが》う。室内には微細《びさい》な埃《ほこり》や糸クズが空気中をゆったりと漂《ただよ》っている。

視線を滑《すべ》らせるように室内を見回していると、ベッドの近くで、何かが朝陽《あさひ》を反射して光っていた。その光る物体は、金属的な素材で造られていて、そう、見覚えのある、あの形――

――義翼《ぎよく》！

ガバッと体を起こす。

──思い出した……！

堰《せき》を切ったように、頭の中に昨日の出来事が溢れ返る。アキレス亭《てい》を追い出されたあと、私は質屋に向かった。そこで自慢《じまん》の長髪《ちょうはつ》と、杖《つえ》と、ありったけの手荷物を質草《しちぐさ》にして、やっとお金を借りた。足りないことは分かっていたが、それでも一縷《いちる》の望みを懸《か》けて義翼《ぎよく》屋へと向かった。しかし、にわかに激しくなった雪が行く手を阻《はば》んだ。這《は》いつくばって、必死に雪を掻《か》き分け、死《し》に物狂《ものぐる》いで進んで──

──それから？

そこで記憶《きおく》の糸は途切《とぎ》れた。なんとか義翼屋までたどり着いたような気もするが──現に今ここで寝ているということはたどり着いたのだろう──やはりよく思い出せない。

「あ……」

そして私は気づいた。

びっくりして全身を見回す。翼胸帯《ルーベル》は前のままだが、その上に着ている焦《こ》げ茶色の服はかなり大きめで、上着もズボンも男性用だ。

脱《ぬ》がされた。脱がされた。知らないうちに、服を脱がされた。

私の胸中に、急に恐怖《きょうふ》の波が押し寄せてくる。大きな氷を飲まされたように体が芯《しん》から震《ふる》え出し、嫌《いや》な感じの吐き気《はけ》がせり上がってくる。

――うそ、やだ、私、何をされたの!? 服を脱《ぬ》がされた、ということは……え、え、うそ、そんな、まさか！

相変わらず、室内にはカーン、カーンと何かを叩《たた》くような音が響《ひび》いている。それが私の速まる心臓の音と同調し、ますます息が苦しくなる。

そして数分後。

ぴたりと音がやんだ。

「お……目ぇ覚ましたのか」

Garet

少女はベッドの上で、上半身だけを起こして座っていた。俺と目が合うと驚《おどろ》いたようにのけぞった。

「どうだ、調子は？」

ギッ、ギッと義足を引きずってベッドに近づく。少女はとっさに毛布を摑《つか》み、自分の胸元《むなもと》を隠《かく》すように押し当てた。その赤い瞳《ひとみ》はこちらを鋭《するど》く凝視《ぎょうし》しており、警戒心《けいかいしん》を剝《む》き出《だ》しにしている。

「私に……何をしたの？」

「あ？」

「……ふく」少女は毛布で体を押さえたまま言った。「服、脱がしたでしょ」

「ああ、そうか」

やっと少女の言わんとしていることが分かり、俺は釈明《しゃくめい》する。

「体を拭《ふ》いてやったんだよ。全身が雪まみれだったからな」

「うそ」

少女は非難するような目で俺を見た。こんな男の言うことなど信じられない、という不信感が顔にありありと出ている。

「嘘《うそ》じゃねえよ。それより、体調はどうだ？」

「なんともないわ」

少女はまだこちらを睨《にら》んでいる。

「じゃあ、その髪《かみ》は……？」

俺は少女の赤髪に視線を向ける。長かった髪が、耳元でバッサリと切られているのが痛々しい。

「質に入れたのか？」

「…………」

少女は答えなかった。

そのときだ。

キュウンッ、と子犬の鳴くような音が聞こえた。見れば、少女はお腹《なか》を押さえていた。その音を聞かれたことが恥《は》ずかしいらしく、視線が合うと頬《ほお》を朱《しゅ》に染めてうつむいた。

——やれやれ。

「飯でも食うか？」

干《ほ》し芋《いも》とスープだけの簡素な食事が終わると、俺は少女の素性《すじょう》を問うことにした。

「おまえ、どこから来た？」

その質問に、少女は目を伏《ふ》せた。答えたくないというように唇《くちびる》をわずかに噛《か》む。

「じゃあ名前は？」

「…………」

「あのなあ、だんまり決め込んだら話が進まねえだろうが」

「…………」

なおも少女は黙《だま》りこくる。

「フリージア・ギガンジューム」

俺がその名を告げると、少女の体がびくりと強張《こわば》った。

――やっぱりな。

昨晩、俺は少女の翼《つばさ》――切断された右の翼端《よくたん》を見たときに、ある一人の『飛翔士《ルーラー》』のことを思い出した。炎《ほのお》のごとき赤い髪《かみ》、紅玉《こうぎょく》のような大きな瞳《ひとみ》、年のころは十五、六。特徴《とくちょう》はすべて一致《いっち》する。

「サンダーソニア東部リーブス出身。没落《ぼつらく》したギガンジューム家の長女……だったか？」

少女は顔を伏せたまま、ただ黙っていた。その口が重いと見て、俺は自分の知りうる情報を並べてみせた。

フリージア・ギガンジューム――それは三年前、彗星《すいせい》のごとく現れた天才飛翔士。他を寄せつけない圧倒《あっとう》的なスピードをもって、大きな飛翔会《ルーラ》を立て続けに制覇《せいは》し、たちまちトップ飛翔士の仲間入りを果たす。

しかし、良かったのはそこまでだった。初出場の夢の舞台《ぶたい》『天覧飛翔会《グラン・ルーラ》』で、少女はゴール直前になって急にバランスを崩《くず》し、そして墜落《ついらく》。奇跡《きせき》的に一命は取り留めたものの、そのダメージは色濃《こ》く、翼の『切断』という悲劇的な結末を迎《むか》える。引退したあとは消息不明。

「――その悲劇の飛翔士が、なぜ……？」

俺はそこで言葉を区切り、少女――フリージアの言葉を待った。

少女は何度か瞬《まばた》きをしたあと、「……あなたには関係ないわ」と答えた。

「そうはいかねぇよ」

椅子《いす》の背もたれから身を乗り出し、俺は少女をまっすぐ見据《す》える。

「きちんと理由を聞かないかぎり、俺は依頼《いらい》を受けない主義なんだ」

すると、少女は手にしていた毛布をギュッと握《にぎ》った。思いつめた顔のまま、視線がわずかに泳いだ。迷っているのだ。

「大丈夫《だいじょうぶ》だって」俺はなるべく穏《おだ》やかな口調《くちょう》で説明した。「たとえどんな理由があるにせよ、それを役人に密告したりとか、人買いに売り飛ばしたりとかはしねぇから」

少女が前髪《まえがみ》越しに俺を見つめる。その瞳《ひとみ》は赤く揺《ゆ》れている。

相手の返事がないので、俺は独《ひと》り言《ごと》のようにしゃべった。

「いや、金さえもらえば何だって造る職人も世の中にはいるけどよ。俺はそういうの嫌《いや》なんだ。……もう何年も前、こういうことがあった。おまえみたいに、思いつめた顔をした若いヤツが来てよ。『義翼《ぎよく》がほしい』って言うんだ。お金はあまりないけど、なんでもします、お願いしますってな。だから俺は造ってやったんだよ、詳《くわ》しい訳も聞かずにな。――そしたら」

俺は苦い記憶《きおく》を、ただ率直《そっちょく》に話した。

「そいつ、翌日には死にやがった」

「……どうして？」

少女はわずかに視線を上げた。

「そいつ、飛翔士《ルーラー》だったんだ。事故で翼を怪我《けが》して、絶望し、死に場所を探していた。最期《さいご》は有名な『天に切り立つ崖《がけ》』から海に飛び込んでの、自殺だった。当時は新聞沙汰《ざた》にもなった」

「…………」

「だからよ、おまえみてぇな死にそうなツラをしてる客からは、特にきちんと理由が聞きたいんだ」

「私は義翼で、自殺したりしない」

少女は抗議《こうぎ》するように低い声で言った。

「分かってる。だから話してほしい」

「……でも」

「大丈夫だ」

俺は親しい友人に語りかけるように、穏やかに言った。

「悪いようには、しねぇからさ」

その言葉に、少女はまた毛布を握《にぎ》り締《し》めた。そして、わずかに自分の手のひらに視線を落とした。その指先には、俺が昨晩手当てをした包帯が巻かれている。

朝食のスープの、やや焦《こ》げたような残《のこ》り香《が》が漂《ただよ》う中、俺たちはじっと向かい合っていた。

辛抱《しんぼう》強く、俺は少女の言葉を待ち続けた。

時が止まったような静寂《せいじゃく》の中、かすかに息を吸い込む音が聞こえた。

そのとき。

「私は——」

美しい唇《くちびる》が、開いた。


話はわずか十分足らずだった。


少女の話が終わると、俺は音のないため息をついた。

短い話だったが、少女は疲《つか》れたように目を伏《ふ》せ、唇を嚙《か》んだ。話してしまった自分自身を罰《ばっ》するような表情の強張《こわば》りが、胸中の複雑さをにじませていた。

「そうか……」

——参ったぜ……。

淡々《たんたん》と話された少女の過去は、十六歳の若さに見合わぬ悲劇と労苦に満ちていた。いくつかのことは報道や公開経歴で知っていたが、実際に聞いてみると、その幸の薄《うす》さに俺は言い知れぬ衝撃《しょうげき》を受けた。

何より俺の心を一番動かしたのは、少女が本気で復帰を目指していることだった。

飛翔士《ルーラー》というのは翼《つばさ》が命だ。それゆえ、一度翼に大きな怪我《けが》を負うと、ほとんどの飛翔士は引退に追い込まれる。ましてや、翼を切断した飛翔士が復帰した例は皆無《かいむ》だ。

──それでも、やるのか。

何も言えずに、俺はしばらく黙《だま》った。少女もじっと下を向いていた。

室内を静寂《せいじゃく》が包む。

そうやってわずかな時が経《た》ち、裏口のほうから、咳《せ》き込むような馬の鳴き声が聞こえたときだった。

「……なるほど、な」

そう言うと、俺は椅子《いす》から立ち上がった。自分の中で答えが決まったからだ。

「ま、待って！」

フリージアは焦《あせ》ったように叫《さけ》んだ。

「その、えっと、義翼《ぎよく》！　義翼を、造ってほしいの……！」

「造ってやるよ」

「……え？」

少女は固まった。俺の答えがあっさりしすぎていたことに驚《おどろ》いたようだった。

大きな赤い瞳《ひとみ》が、ゆらゆらと光を宿したまま俺を映す。純粋《じゅんすい》で、透《す》き通っていて、じっと見ていると吸い込まれそうな美しい瞳。その瞳の前に、俺は何だか急に居心地《いごこち》が悪くなった。

「だから、義翼《ぎよく》を造ってやるって言ってるんだよ」気づけば早口でまくし立てていた。「ただし、飛翔会《ルーラ》で勝てるかどうかは俺の知ったことじゃねぇからな。それに、オーダーメイドは料金が跳《は》ね上がるから、その分はちゃんと働いて返せよ」

「働いて……」

「あれでな」

ぐいっと、俺は親指で店の壁《かべ》を指した。

そこには下手糞《へたくそ》な俺の手書きで、こう記されている。

「ノウスガーデン商店会所属『アキレス亭《てい》』」

その下にはこんな一言があった。

求人一名。

【第二章】

少女を裸にした日×私が裸にされた日

Freesia

帝国暦《ていこくれき》八三三年七月九日——今から一年七ヶ月前のことだ。

——あと少しよ！

私は空を飛んでいた。ゆったりと翼《つばさ》を広げて大空を舞《ま》う。

——もうすぐゴール！

すべてが順調だった。吹《ふ》きつける風は前髪《まえがみ》を軽《かろ》やかに揺《ゆ》らし、眼下に広がる田園《でんえん》地帯は色鮮《あざ》やかなグリーンに染まる。空はどこまでも青く美しい。

——優勝すれば！

約束された勝利の瞬間《しゅんかん》を想像して、はちきれんばかりに胸が沸《わ》き立つ。

天覧飛翔会《グラン・ルーラ》の優勝者は褒美《ほうび》として、皇帝に謁見《えつけん》して『願い』を聞いてもらうことができる。

私はその場でこう申し出るつもりだった。「皇帝陛下、どうかギガンジューム家の再興をお許しください」と。

私の家——ギガンジューム家は六年前に没落《ぼつらく》していた。原因は父だった。宮廷《きゅうてい》貴族だった父は、時の帝室を批判したとして反逆罪になったのだ。

当然、ギガンジューム家は爵位《しゃくい》を剥奪《はくだつ》され、財産を没収され、家族は散り散りになった。

私たち姉妹は（妹はまだ三歳だった）、別々の縁者《えんじゃ》に引き取られた。母は体を壊《こわ》し、ほどなくして病死した。

それからの生活は最悪だった。縁者といっても会ったこともない人たちで、私は奴隷《どれい》のように働かされた。それでも食事が出るうちはマシだったが、引き取られて一年もすると『商品』として人買いに売り飛ばされた。身の危険を感じた私は人買いの馬車から逃げ出《に》し、放浪《ほうろう》生活に身を投じた。

皮肉にも、自分に『飛翔《ルーレ》』の才能があると気づいたのは逃亡《とうぼう》時だった。私は、追ってくる人買いから必死に逃げた。そして人買いの男たちは誰《だれ》も私に追いつけなかった。当時十一歳の私にだ。

だから私は藁《わら》にもすがる思いで、一心不乱にお金を貯《た》め、飛翔士《ルーラー》の道を歩んだ。能力さえあれば採用される飛翔士試験は、底辺から這《は》い上がるための最後の道といえた。

――待っててヒーナ！

優勝すれば、ギガンジューム家を再興できる。そうすれば妹のヒーナリカといっしょに暮らせる。それが私のたった一つの夢だった。反逆罪で没落した家の者は、皇帝の許しを得ない限りいっしょに住むことはできない。こっそりと妹を引き取って暮らすことも不可能ではないが、もしバレたときには姉妹で死罪になる。だからどうしても優勝する必要があった。

――見えた！

視線の先に、銀色に輝《かがや》くゴール——『天空塔《とう》』が見えた。その最上階では祝賀旗手《エール・フラール》が旗を振《ふ》っている。少しだけ進路調整を図《はか》ると、あとはもう一直線に飛ぶだけだった。

景色が矢のように過ぎ去る。栄光に向かって、夢に向かって、何より私を信じて待つ妹の元に向かって、まっすぐに私は飛んで行く。

しかし。

ゴールまであとわずかというときだった。ラストスパートをかけた、その瞬間《しゅんかん》——

——⁉

右の翼端《よくたん》に、雷《かみなり》が落ちたような激痛が走った。

——ウアッ⁉

途端《とたん》に私はバランスを崩《くず》した。心地《ここち》よかった空の世界は一転してめまぐるしい混沌《こんとん》の渦《うず》に巻き込まれ、風が鼓膜《こまく》を震《ふる》わせ、上下の区別も平衡《へいこう》感覚も失われ、悪魔《あくま》のような黒い大地が迫《せま》り来る——

——あ、あ、落ちる、落ちる、嫌《いや》だ、いや、いやあああっ‼

心の中で絶叫《ぜっきょう》したあとには、

——グチャリ。

ひしゃげた。

ブルリ、と体が震えると、私は夢から覚めた。

——また、か……。

繰《く》り返される悪夢は、普通《ふつう》なら日ごとに薄《うす》れゆくものだが、私の場合はいつまでも鮮明《せんめい》な恐怖《きょうふ》を刻んだままだった。最近は特にひどい。

アキレス亭《てい》に来て、七日。

——今日も冷えるわね……。

毛布を剝《は》いで、そっと体を起こす。店内は暗く、まだガレットは寝《ね》ている。

起こさないように慎重《しんちょう》に杖《つえ》を突《つ》き、忍《しの》び足《あし》で台所に向かうと、私はいつもの仕事を始める。

水瓶《みずがめ》から一杯だけ水を汲《く》み、野菜カゴから人参《にんじん》を取り出す。これは今日の食事の仕込みだ。

ちなみに、いま洗っているのは『羽人参《ラーキャロ》』。その名のとおり葉っぱの部分が『羽』になっており、繁殖期《はんしょくき》になると独力で空に飛び立つ『空産物』の一種だ。

——人参、大根、牛蒡《ごぼう》……野菜はこんなところか。

耳を澄《す》ますと、カーン、カーンという金属音が聞こえる。それはガレットが工房《こうぼう》で仕事を始めた音だった。

——起こしちゃったかな……？

早朝から深夜までまるで何かの儀式《ぎしき》のように聞こえるその音は、彼の仕事熱心さを雄弁《ゆうべん》に物語っている。

ガレット・マーカス。

今は一応、私の雇《やと》い主《ぬし》。性格はとにかく無愛想。口が悪くて、私のことは「おまえ」呼ばわり、何かあるとすぐ「うるせぇ」、呼ばれたときの返事は「あ?」だ。顔の傷痕《きずあと》は獰猛《どうもう》な肉食獣《じゅう》のような雰囲気《ふんいき》を醸《かも》し出しているし、見上げると大木のような威圧《いあつ》感がある。

——でも。

出会った翌日のことだ。「おう、コラ」と喧嘩《けんか》を売るような口調《くちょう》で彼が差し出してきたのは、なんと古びた『車椅子《くるまいす》』だった。話によると、左足の義足が出来る前、彼がしばらく乗っていたものだという。かなり古いものだったが、手入れはきちんとなされているらしく乗り心地《ごこち》は悪くなかった。

——そろそろね。

グツグツとお湯が煮立《にた》ったのを確かめ、私は鶏肉《とりにく》の下ごしらえを始める。

料理は大の得意だ。それだけではない。裁縫《さいほう》・掃除《そうじ》・洗濯《せんたく》といった家事全般《ぜんぱん》は、誰《だれ》にも負けない自信がある。ウィンダール帝国《ていこく》広しといえども、家事ができる貴族は私と妹のヒーナリカくらいだろう。

鶏肉をサクサクと捌《さば》いていく。六翼鳥《レジール》は翼《つばさ》の骨から良いダシが取れるので、無駄《むだ》が出ないように丁寧《ていねい》に切り離《はな》す。その次は胴体《どうたい》に包丁を通し——

「ブッフォア! ブッフォアアアァァァーッ!」

——来た！

私は思わず肩《かた》を強張《こわば》らせる。鶏肉がプニュッとへこむ。

朝一番の『戦い』はここから始まる。

ごくりと喉《のど》を鳴らすと、車椅子を操《あやつ》って裏口の前まで進む。この向こうにいるのが私の天敵だ。

——勝負よ。これは勝負なのよ。

私は恐《おそ》る恐る、裏口の扉《とびら》に手をかけ、隙間《すきま》から向こう側《がわ》を窺《うかが》うように開けていく。慎重に、そう慎重に進めるのよフリージア——

「ブッフォアッ！」

ビチャッ。

「く……っ！」

私の顔に生温かい液体がかかり、思わず目をつむる。ぐいっと手の甲《こう》で拭《ぬぐ》うと、白くて、ねばねばして、生臭《なまぐさ》い。お腹《なか》の底から一つの感情が湧《わ》き上がる。

でも、ここで深呼吸。落ち着くのよフリージア。ここで取り乱してはいけないわ。今日こそ、今日こそ、きちんと仕事をまっとうして——

「ブッフォアッ！　ブブッフォア！　ブブブウブッフォアアアァァァーッ！」

ビチャッ。ビチャヤチャッ。

キレた。

「無礼者っ！」

ガーンと乱暴に扉《とびら》を開け放つ。

裏口を出ると馬小屋があり、一頭の『四翼馬《ペーガ》』がつながれていた。その四枚の白い翼《つばさ》はしょぼくれたようにシワだらけだ。

「馬！」

私はビシッと指を突《つ》きつける。

「何度この私を侮辱《ぶじょく》すれば気が済むの！」

「ブッフォアッ！（エサを！）」

「これはギガンジューム家に対する侮辱と見なすわ!!」

「ブブッフォア!!（エサをくれ!!）」

「ちょっと馬！　聞いてるの!?」

「ブブッフォアアアアア――――ッ！（いいからエサァア――――ッ！）」

馬はむせるような鳴き声を繰《く》り返して空っぽの桶《おけ》を蹴《け》とばす。その鳴き声を取って『ブッフォン』と名づけられたこの白馬は、ガレットが四年前に義翼《ぎよく》の師匠《ししょう》から店とともに引き継《つ》いだもの――と初日に説明された。この馬に朝昼晩とエサを与《あた》えるのが私の仕事の一つだ。なんとなくだけど、馬の言葉が分かるような気がするのはなぜかしら。

「ブッフォア――!!（エサ――ッ!!）」

「馬、おとなしくしなさいっ！」

人馬《じんば》一体《いったい》の攻防《こうぼう》はもはや着地点が見えないほどの乱戦となり、よだれが飛び、罵声《ばせい》が飛び、衣服が飛び、乳房《ちぶさ》が弾《はじ》ける。

そして戦いは最終局面へと――

「うるっせえんだよコラァァ――ッ!!!」

近所中に響《ひび》き渡《わた》りそうな声で、ガレットが裏口に怒鳴《どな》り込んで来た。「キャ！」と私は慌《あわ》てて胸元《むなもと》を隠《かく》す。

「おいてめえ！」ガレットは私に太い指を突きつけた。「馬の世話は静かにやれって何度言ったら分かるんだ!?」

言われるのはこれで七度目だ。

「だって、この馬が悪いのよ!!」

「馬のせいにするな！」

「だって、よだれを吐《は》きかけてくるのよ！」

「馬ってのはそういうもんだ！」

「だって、だって――」

「うるせえ！　いいからちゃんとやれ！」

「私はきちんとやってるわ！　だいだいこの馬は……家畜《かちく》としての自覚が足りないわ！」

「足りねぇのはおまえの使用人としての自覚だよ！」

「ブッフォア！　ブッフォアアアアァ――ッ！（エサは！　エサはまだァ――ッ！）」


「「うるさいっ!!」」


声をそろえて白馬を一喝《いっかつ》すると、二人してハアハアと息を切らす。ここ七日間、飽《あ》きもせず口論を繰《く》り返しているが、いっこうに埒《らち》が明かない。

私たちはしばらく睨《にら》み合うと「へ！」「ふん！」とお互《たが》いにそっぽを向いた。

Garet

地平線に沈《しず》む太陽が、万物の影《かげ》を長く長く伸《の》ばす黄昏時《たそがれどき》。

腹が減った。

俺の前では、フリージアがテキパキと皿を並べている。髪《かみ》を綺《き》麗《れい》に梳《と》かし、ゆったりとした小麦色のワンピースを着ている姿は、使用人というよりも若い身《み》空《そら》で嫁《とつ》いだ嫁《よめ》のようだった。ワンピースは俺の古着を少女自身が仕立て直したもので、その器用さには日々驚《おどろ》かされる。本当にこいつは元貴族なのか。

食卓《しょくたく》には次々と料理が並んでいく。湯気を立てた熱々の鍋《なべ》をテーブルに載《の》せると、少女はくるりと車椅子《くるまいす》を反転させる。今ではすっかり新しい車椅子の扱《あつか》いにも慣れた様子だ。

「さあ、いただきましょう」

フリージアはすべての料理を運び終えると、車椅子から体を持ち上げて俺の向かいの椅子に座り直した。そして目をつむって手を合わせると「天空にまします大神ウィンディアよ、今日の糧《かて》に感謝します」と敬虔《けいけん》な口調《くちょう》で告げた。

食事が始まる。

少女はしなやかな手つきでナイフとフォークを持ち、優雅《ゆうが》な仕草で食事をする。その姿は貴族の令嬢《れいじょう》そのものだ。

――ふーむ……。

俺はパンをわしづかみにしながら、改めてこの少女のことを考える。

自分に厳しい。

少女の特徴《とくちょう》を一言で表すとこうなる。朝は夜明け前に起きて食事の仕込みをし、日中は掃除《そうじ》、買い物、裁縫《さいほう》。日が沈《しず》んでも何か仕事を見つけては働く。休みを取っている様子もない。

一番の厳しさは訓練のときだった。俺が寝床《ねどこ》につくのを見計らい、ひっそりと筋力トレーニングや翼《つばさ》のリハビリを始め、それは深夜まで続く。ほとんど休憩《きゅうけい》を取らずに毎日過酷《かこく》な訓練を続けることは、並みの精神力ではできない。

――本気なんだな……天覧飛翔会《グラン・ルーラ》。

食事を終えると、少女は桶《おけ》に水を張って食器を洗い始めた。冷水で赤くなった手に息を吐《は》きかけながら、黙々《もくもく》と仕事をこなす少女の顔は、何かを思いつめたように険しい。

そうやって、俺がぼんやりと少女の細い手を見つめていたときだった。

ぴたりと、皿を洗う手の動きが止まった。

――あれか。

「じゃあな！」「またね！」

それは子供たちの声だった。窓枠《まどわく》の中を、翼《つばさ》を伸《の》ばした二つの影《かげ》が続けざまに横切る。夕暮れ時のいつもの光景だ。

フリージアはしばらく、窓の外をじっと見つめていた。そして子供たちの影が見えなくなると、おもむろに食器洗いを再開した。

こんなふうに、少女は時おり空を見上げる。そのときの表情はひどく儚《はかな》げだ。何事にも厳しい少女の毎日で、少しだけ隙《すき》があるとすれば、この瞬間《しゅんかん》だけだろう。

――ふん。

ズズッ、とスープの残りを飲み干すと、俺は椅子《いす》から立ち上がる。こいつが何を考えていようと俺には関係ない。俺は自分の仕事をするだけだからだ。

そのときだ。

「ねえ」

ふいに、声をかけられた。

「なんだ」

俺はわずかに振《ふ》り向く。

「その……」少女は言いにくそうなそぶりだった。「私も工房《こうぼう》……入っていい？」

俺は少々驚《おどろ》く。生意気なこいつにしては珍《めずら》しくしおらしい。

「義翼《ぎよく》造り、見たいのか？」

その問いに、フリージアは緊張《きんちょう》ぎみに小さくうなずいた。

仕事を見られるのは好きじゃなかったが、ふと、さっき見た少女の儚い横顔を思い出した。

「好きにしろ」

Freesia

工房に入るのは、これが初めてだった。ランプの明かりに照らされた空間は、四方に窓があり、室内を緩《ゆる》やかに空気が流れている。意外に広い。

ガレットは頭に大き目の布地を巻いて腕《うで》まくりをした。それからちょっと焦《こ》げたような茶色の低い椅子《いす》に座り、手元にあるハンマーを握《にぎ》った。

「火花が散る。下がってろ」

「ええ」

私は半歩下がり、彼の背中越《ご》しに作業を見つめる。

彼は左手でペンチを握ると、一枚の金属製の板を持ち上げた。手のひらを少しだけはみ出すくらいのそれを、赤々と燃える『炉《ろ》』の中にくべる。ジュウウッという白い煙《けむり》を立てながら、灰色の金属板は温度を上げ、目に焼きつくような黄色い光を発する。

——何をしているのかしら？

彼はその金属板を台の上まで移動すると、右手のハンマーを振《ふ》り上げた。隆々《りゅうりゅう》と盛り上がった右腕《うで》が鉄槌《てつつい》を下すと、カーンッと高い音が響《ひび》いた。私は思わず耳を両手で覆《おお》う。

カーン、カーンと彼はハンマーを振るい続けた。薄暗《うすぐら》い工房《こうぼう》内で叩《たた》くたびに散るオレンジ色の火花は、叩かれた金属が怒《いか》りを発しているようにも見える。火花、金属音、火花、金属音。

『名工』と呼ばれる男の仕事ぶりは、一見すると単調そのものだった。しかし、その手元では金属の板が一瞬《いっしゅん》ごとに形を変え、平らに均《なら》され、やがてそれはある一つの『形』を成していく。

羽。

その形は細く長い一枚の羽。

——すごい……。

彼の仕事が、私には魔術《まじゅつ》のように見えた。四角いゴツゴツした板が、流線型のなめらかな羽へと見る見る姿を変えていく。それが義翼《ぎよく》の部品であることは知識の乏《とぼ》しい私にも分かる。

「……雪灰石《せっかいせき》」

ぼそりとした声が聞こえた。

「え？」

「義翼の原料には、雪灰石という特殊《とくしゅ》金属を使う」

どうやら義翼の説明をしてくれている、らしい。

「一枚の義翼を造るのに、最低でも百枚の『羽』が必要となる」

「へえ」

「その羽はこうやって一枚一枚、雪灰石を叩いて造る」

「これって高いの？」

「普通《ふつう》の鉄や銅よりは高いな。『純結晶《じゅんけっしょう》』と呼ばれるものはさらに値《ね》が上がる」

「金属で羽を造ったら、義翼が重くならないかしら？」

「雪灰石は、金属では一番比重が軽い。だから義翼の主原料として重宝される。そもそも、この金属は――」

ガレットの話は、義翼の歴史にまで及《およ》んだ。

かつて、翼の不自由な者は死ぬまで空を飛べるようにはならなかった。社会的には半人前として扱《あつか》われ、時に差別され、時に迫害《はくがい》を受けた。そんな状況《じょうきょう》を打破すべく、およそ百年前に一部の義肢《ぎし》職人たちの手によって、世界初の人工の翼《つばさ》――『義翼《ぎよく》』が発明された。このときの義翼は、やたらに大きくて、その重量のために五分と飛んでいられないものだったという。

だが、その情熱は後世に受け継《つ》がれた。幾多《いくた》の先人たちが試行錯誤《しこうさくご》を繰《く》り返し、四十年ほど前に『雪灰石《せっかいせき》』が最も義翼の材料に適していることを発見、それから義翼は急速に実用化の道をたどる。

「『叩《たた》き十年、組み三年』という言葉がある」

「なにそれ?」

「『叩き』は十年修行《しゅぎょう》しないと一人前にならない、って意味さ。それくらい義翼職人にとって『これ』は大事なんだ」

そう言うと、ガレットはハンマーを掲《かか》げてニヤッと笑った。その笑顔《えがお》は好きな玩具《おもちゃ》で遊ぶ子供のように無邪気《むじゃき》だ。

――変なヤツ。

口論にならずにまともに会話できたのは、これが初めてだった気がする。

○

時は四翼馬《ペーガ》のごとく飛ぶ。

そんなウィンダールの格言どおり、あっという間に七日が経《た》った。アキレス亭《てい》に来てから数えると十四日目。

「ガレ兄ちゃーん、ただいま！　いるー？」

玄関《げんかん》で子供の声がしたので、私は声を張り上げる。ガレットが工房《こうぼう》にこもっている間は、来客の応対をするのも使用人の仕事の一つだ。

玄関を開けると、そこには少年が立っていた。

「あなた、たしか……」

少しだけ逆立った感じのライトグリーンの髪《かみ》に、元気そうな飴色《あめいろ》の瞳《ひとみ》。それは初めて街に来た日、ガレットといっしょに草原にいた少年だった。

「……お姉ちゃん、誰《だれ》？」

「最近ここで働くことになったの。えっと……」私は一瞬《いっしゅん》口ごもってから「フリージアよ」と名乗った。

「うん、よろしく！　僕はクローバー」

少年は元気よく答える。フリージアという名前を聞いても関心を示した様子はなく、私はひそかに胸を撫《な》で下ろす。

「それで、どういったご用かしら?」

「これなんだけど」

クローバーと名乗った少年は、背負っていた荷物からゴソゴソと問題の『それ』を取り出した。

「あ……壊《こわ》れちゃったの?」

「うん」

少年の取り出したのは『義翼《ぎよく》』だった。薄《うす》緑色の羽を百枚以上も組み込んだ見事な翼《つばさ》だが、今は翼端《よくたん》の部分が直角に折れ曲がってプラプラと揺《ゆ》れている。

「友達と遊んでいたら、うっかりぶつけちゃって……」

「ちょっと待ってて」

私は工房《こうぼう》に向かって「ガレット、お客さんよ!」と叫《さけ》んだ。すると、カーンカーンと響《ひび》いていた金属音がやみ、工房の扉《とびら》を開く音がした。

ギッ、ギッ、と店の主人は姿を現すと、

「おう、クローバー! 今日はどうした?」

「ごめん、ちょっとやっちゃった……」

少年は義翼を掲《かか》げてみせた。

「うわ、ペッキリいったな……!」

「……直る？」

クローバーが不安そうに尋《たず》ねると、ガレットはニッと笑って「もちろんだ。ま、三十分ってとこだな」と答えた。

「ちょっとそのへんで時間を潰《つぶ》してろ。すぐにやっから」

「ありがとうガレ兄ちゃん！」

「なーに」

軽く手を上げると、ガレットは義翼を抱《かか》えて工房に戻《もど》って行った。

——へえ……。

二人のやりとりを見ながら、少しばかり驚《おどろ》く。

——子供には、優《やさ》しいのね。

今までも日に何人かの来客はあったが、ガレットの応対は「おう」「へえ」「ふーん」といった、とても客に対するとは思えない愛想のなさで、傍《はた》から見ている私のほうがハラハラしたものだ。今の少年に対するような笑顔《えがお》は珍《めずら》しい。

——やっぱり変なヤツ。

私は来客用の紅茶を淹《い》れながら、ガレットのことを考える。出会って二週間、いまだに彼のことはよく分からない。

「フリ姉ちゃん、どこから来たの？」

クローバーが声をかけてきた。

「フリ姉ちゃん?」

「ガレットだからガレ兄ちゃん、フリージアだからフリ姉ちゃん」

「……なんかイモっぽいわ」

「イモっぽい?」

「まあいいわ。好きに呼びなさい」

——フリ姉ちゃん、ね……。

貴族の私にこんな馴《な》れ馴れしい呼び名をつけたのは、この少年が初めてだ。ま、子供の考えることだし。そう思って私はコップの水に口をつける。紅茶は贅沢品《ぜいたくひん》なので飲まない。

「それで、フリ姉ちゃんはガレ兄ちゃんの『お嫁《よめ》さん』なの?」

「ブッ!」

飲みかけの水を思わず噴《ふ》き出す。ゴホッ、ゲホッと喉《のど》に詰《つ》まった水滴《すいてき》を吐《は》き出すと、

「な、何を言い出すの!?」

「だって、いっしょに暮らしているから『お嫁さん』なんでしょ?」

「そんなわけないでしょ!」

「でもガレ兄ちゃん、独身だよ?」

「だからって私が嫁《とつ》ぐ道理もないわ！」

まったく、これだから子供は。

私が唇《くちびる》をとがらせると、クローバーは「ふーん……」と目をパチパチさせた。

「ガレ兄ちゃん、かっこいいのになあ……」

「はあ？　……かっこいいって、あいつが？」

「うん！　とってもかっこいいよ！」

そこで少年の瞳《ひとみ》は強く輝《かがや》いた。

「昔は、すっごい飛翔士《ルーラー》だったんだよ！」

——え？

私は動きを止めた。

「クローバー、今、なんて……？」

「だから、ガレ兄ちゃんが飛翔士だったたって……」

——飛翔士……？　あいつが？

飛翔士。それは飛翔《ひしょう》を生業とするプロの競技者のことだ。ウィンダール帝国《ていこく》では数多くの『飛翔レース』が開催《かいさい》されており、飛翔士たちはレースに参加して賞金を稼《かせ》ぐ。当然、実力がなければ食いっぱぐれる厳しい競争の世界だ。

「ねえクローバー」

私は真剣《しんけん》な顔で少年を見つめる。

「それ、本当？」

「本当だよ。だって——」

そのときだ。

「おい、出来たぞクローバー」

工房《こうぼう》からガレットが出て来た。その手には修理したばかりの少年の義翼《ぎよく》。

「ありがとう、ガレ兄ちゃん！」

クローバーはガレットに駆《か》け寄り、嬉《うれ》しそうに義翼を受け取る。「さっそく試《ため》すか？」「うん！」と言葉を交《か》わすと、二人は店の外へ出て行く。

——あ、ちょっと……！

もっと少年の話を聞きたかったが、二人の姿は扉《とびら》の外へと消えていた。

○

その翌日。

私は全裸《ぜんら》になっていた。肩《かた》まで浴槽《よくそう》に浸《つ》かり、室内には当然のようにガレットがいる。

彼の説明では、この浴槽は湯浴《ゆあ》み用ではなく、翼《つばさ》の『型』を取るための装置だということだった。浴槽の中に特殊《とくしゅ》な液体を入れて、そこに顧客《こきゃく》が浸かる。しばらくすると液体が凝固《ぎょうこ》して翼の『型』が取れる。そしてその型を元に『仮翼《かよく》』を造り、それを元にさらに『本翼《ほんよく》』を造って――

と、そんなマニュアルはどうでもよくて。

――う、う、うううううぅ……っ！

全裸の私は激しい羞恥《しゅうち》に耐えながら、右手で胸を、左手で下半身を隠《かく》している。だが、乳房《ちぶさ》はどうやっても腕《うで》からはみ出してしまい、かといって下半身を隠さないわけにもいかない。というかお湯が透明《とうめい》だからお尻《しり》も丸見えだ。さあ殺せ。

入浴時に全裸でなければいけないのは、服を着ていると繊維《せんい》や不純物が混じって凝固がうまくいかないことがある――そんな説明が耳たぶに引っ掛《か》かっているが、これって騙《だま》されていないだろうか。

「これでしまいだ」

そう言うと、ガレットは浴槽の中にドボドボと怪《あや》しげな白い粉を入れた。そのあとは椅子《いす》を運んで、浴室の壁《かべ》と向かい合うように座った。

私はその様子を焦点《しょうてん》の合わない目で見つめる。男だ。男がいるぞ。私は裸《はだか》だ。なぜ？

「おい、大丈夫《だいじょうぶ》か？　顔が赤いぞ」

「こ、こここ、こっち見ないで」

「分かった分かった」

「み、みみみ、見たら殺すわよ？　あああ、あなたを殺して私も死ぬわよ？」

「それじゃ心中《しんじゅう》だな」

「そ、それで、いつまでこんな格好でいればいいの？」

「そうだな……」

ガレットは壁《かべ》を見ながら答えた。

「ざっと三時間」

絶望した。

「天国のお母様、どうか私の純潔をお守りください……」

「何をブツブツ言っている」

——うぅー。どうして、こんなことに……。

ギュッと目をつむって、私はただ時が過ぎ去ってくれるのを待った。そんな私とは対照的に、ガレットはあくびまじりに首をコキコキ鳴らしている。彼にとってはよくあることなのだろうか。

少し時間が経《た》った。

彼の言うとおり、周りの液体は少しずつ固まってきた。波打っていた液面が、少しずつフルフルとしたゼリー状になり、体全体がふわりと軽くなったような感覚に包まれる。

液面がすっかり白く染まり、裸身《らしん》をさらさないで済むようになると、私はいくらか気持ちが落ち着いてきた。

「ちょっと」

私はガレットの背中に声をかけた。「あ?」と彼はいつもの粗野《そや》な調子で返す。

「ひとつだけ、訊《き》きたいことがあるの」

裸《はだか》のままで尋《たず》ねるのは少々——というより相当に恥《は》ずかしかったが、今は羞恥心《しゅうちしん》よりも好奇心《こうきしん》がわずかに上回った。

私は少し息を溜《た》めてから本題に入る。

「義翼《ぎよく》屋の前は、何をしていたの……?」

「あ?」

相手はこちらの過去を知っているのに、自分は相手のことを何も知らない。特にクローバーに彼が飛翔士《ルーラー》だったことを聞いてから、私はずっと落ち着かない気分を抱《かか》えていた。

「ほら、今は契約《けいやく》を結んでいるわけだし、特に私とあなたは飛翔士だったわけじゃない? 少しくらいお互《たが》いのことを——」

「おい!」

そこで彼は声を荒《あら》げた。

「おまえ、今なんて言った？　飛翔士《ルーラー》？」

――しまった！

私は自分の失敗に気づく。だがもう遅《おそ》い。

「あー、そうか……」ガレットは頭をボリボリと掻《か》いた。「クローバーだな？」

「…………」

悪いと思ったので、少年の名前は出さなかった。ただ「あんにゃろ」と彼はもう確信しているようだった。

――ごめん、クローバー。

私は内心で謝りつつ、言葉を継《つ》いだ。

「本当なの？　どうして今は義翼《ぎよく》屋なの？」

毒を食らわば皿まで、といった気持ちで突《つ》っ込んだ質問を重ねる。

「うるせえ、おまえには関係ない」

「……なっ」私はムッとする。「なによ、そういう言い方はないでしょう」

「ああ？」

「飛翔《ルーレ》というのは紳士《しんし》のスポーツよ。あなたも飛翔士ならもっと紳士としての自覚を持つべきだわ。だいたいあなたは――」

「あーあー、お説教はたくさんだ！」

ガレットは忌々《いまいま》しげに怒鳴《どな》る。いつもの口論はこうして始まる。

「少しくらい、『あの方』を見習ったらどう？」

「あ？　誰《だれ》だよあの方って？」


「オスカー・ウイングバレット」


その瞬間《しゅんかん》だった。

ガレットは、まるで時が止まったように動かなくなった。

――？

私はかまわず言葉を継ぐ。

「あなただって飛翔士のはしくれなら知っているでしょう？　オスカーのことは」

「…………」

反応がない。

オスカー・ウイングバレットは、誰もが知る伝説の飛翔士だ。天覧飛翔会《グラン・ルーラ》を六連覇《れんぱ》した記録は不滅《ふめつ》の金字塔《きんじとう》で、引退してからも若い女性を中心に根強い人気を誇《ほこ》る。ただ、滅多《めった》に公《おおやけ》の場には姿を現さない。

「ちょっと、どうしたの？」

私は不審《ふしん》に思い、黙《だま》りこくったガレットに声をかける。

「……なんでもねぇ」

彼は硬《かた》い声で小さく返すと、「……で、オスカーがどうしたって？」と無理に会話をつなぐように訊《き》き返した。

「だから、あなたもオスカーを見習って、もっと紳士《しんし》的になるべきだって言ってるの」

「オスカーって、そんなに紳士的だったのか？」

「そうよ、有名な話でしょ？　まさか知らないの？」

「いや、知ってる、知ってるとも」

彼はしどろもどろになった。

──変ね。

ちょっと不審には思ったものの、会話の主導権を握《にぎ》ったこともあり、私は勢いよく畳《たた》みかけた。

「だから、彼の翼《つばさ》の垢《あか》でも煎《せん》じて飲むといいわ」

「……お、おう」

「聞いて驚《おどろ》きなさい。私ね、小さいころ彼と会ったことがあるのよ」

「なに……!?」

ガレットは、今日最大級の驚きを見せた。

「どう、驚いたでしょ？　私ね、私ね――」

私は久しぶりにその自慢話《じまん》を始めた。

出会ったのは七歳のときで、たまたま家の近くに彼が来ていたこと。彼から飛翔《ひしょう》の手ほどきを受けて飛べるようになったこと。それは私にとって宝石のように大切な思い出であること。

「それでね、私、オスカーから飛翔記念に『笛《フー》』をもらって――」

「フリージア」

ガレットは強引に会話を中断した。

「なに？」

「オスカーとは、どこで会った？」

「故郷のリーブスよ。飛翔士《ルーラー》練習場の近くで」

「ああー」

彼は納得《なっとく》したような、それでいて困ったような不思議な声を出した。

「どうしたの？」

「あ、いや。……ところで」彼はいきなり話題を変えた。「手、動かしてみろ」

「……え？」

急に別のことを言われて私は反応が遅《おく》れる。

「手は動くか？　風呂《ふろ》の中で」

「えっと……」

私は自分の手に力を込めてみた。だが、浴槽《よくそう》に満たされた液体はかなり凝固《ぎょうこ》が進んでおり、手はほとんど持ち上がらなかった。

「動かせないわ」

「よし」

ガレットは椅子《いす》から立ち上がった。

「あと二時間ばかり、そのままの姿勢な。俺は店内にいるから何かあったら呼べ」

そう言い残すと、彼は何やら足早に浴室から出て行った。

「あ、ちょっと！」

話はまだ途中《とちゅう》だったが、裸《はだか》の私には閉められた扉《とびら》を見つめることしかできなかった。

Garet

その夜。

俺はベッドに横たわり、天井《てんじょう》を見つめていた。窓から射《さ》し込むほんのわずかな月明かりだけが、壁《かべ》に掛《か》けられた数々の義翼《ぎよく》を亡霊《ぼうれい》のごとく浮かび上がらせる。

耳を澄《す》ますと、いつものフリージアの声が聞こえた。「きゅうじゅう、ろく……」という『訓練』の回数をカウントする声。

翼《つばさ》を大きく広げ、それからゆっくりと閉じる。この一連の動作は『翼立《よくりつ》』と呼ばれる飛翔士《ルーラー》の基本的トレーニングだ。あえてゆっくりと翼を動かすことで、飛翔《ひしょう》のための筋肉『翼胸筋《よくきょうきん》』に負荷をかける。フリージアは毎晩欠かさず、家事を終えたあとにこのトレーニングを続けていた。

本職の飛翔士は全員が立派な翼胸筋を持っている。鳥の翼が分厚い胸の筋肉によって動かされているのと同様、人間も胸の筋肉によって翼を動かす。具体的には、男性の場合は『胸板《むないた》』が厚くなり、女性の場合は『乳房《ちぶさ》』が盛り上がる。この翼胸筋は十代の少女においてピークを迎《むか》えるので、それゆえ名のある飛翔士はほとんどが豊かな胸を持つ若い女性だった。

――腑《ふ》に落ちねえな。

昼間に実施《じっし》した『型取り』のことを思い出し、俺は顔をしかめる。

――なぜ、ああなった？

フリージアの右の翼は、『初列風切《しょれつかざきり》』と呼ばれる翼端《よくたん》に近い羽の部分が大きく切断されていた。

――どう考えても、おかしい。

墜落《ついらく》による骨折なら、切断をするにしてもダメージを負った部分だけに留《とど》めるはずだ。それがフリージアの場合、必要以上に深い部分まで切り取られていた。それもあえてメスを余分に走らせたような不自然な傷痕《きずあと》だ。

フリージアにはこのことを黙《だま》っていた。不確かな事実を告げてもいたずらに不安にさせるだけだからだ。

——調べてみる必要があるな。

俺はそう決めると、寝返《ねがえ》りを打った。

すると、伸《の》ばした右手の先が、コツンと音を立てた。

——あ？

手に当たったのは、金色に輝《かがや》くメダル。

——ああ、さっき出したんだっけか。

久々に引っ張り出した金属製のメダルは、六年の歳月を感じさせない輝きを放っていた。俺は懐《なつ》かしい気持ちでそれを手に取る。

『第一一〇回天覧飛翔会《グラン・ルーラ》優勝』

表面に刻まれた文字を指でなぞる。その下にはある名前が書かれていた。

オスカー・ウイングバレット、と。

【第三章】

肌に触れた日×肌に触れられた日

それは、いつもの夢。

墜落《ついらく》後、目が覚めたときには病院のベッドの上だった。医師から翼《つばさ》の『切断』を告げられたときには半狂乱《はんきょうらん》になって泣き叫《さけ》んだ。しかし、どんなに喚《わめ》いても、叫んでも、現実は冷酷《れいこく》で、私の翼は容赦《ようしゃ》なくもぎ取られた。翼が切断されるときの、ゴリ、ゴリゴリッという骨の音は今でも耳朶《じだ》にこびりついている。

そして私の人生は転落の一途《いっと》をたどった。墜落事故の後遺症《こういしょう》で飛ぶことはおろか、歩くことすらできない。

私は追い詰《つ》められた。病院から追い出されると文字どおり路頭《ろとう》に迷った。

——寒い……。

路地裏で降り注ぐ雪を浴びながら、一本の『笛《ブー》』を握《にぎ》り締《し》める。それはあの人からもらった思い出の笛。

笛に息を吹《ふ》き込むと、ぴー、ぷー、と物悲しげな音がした。その音を聞いていると、こんなに落ちぶれてまで『生』にすがりついている自分自身が滑稽《こっけい》で、ますます惨《みじ》めな気分になった。

そのときだった。

「あ……」

私の目の前に、一人の少女が舞《ま》い降りて来た。十《と》歳に満たないその少女は、私の顔を興味深そうにじっと見つめた。妹に似ているな、と思った。

「笛、いい音だね」

どうやら、少女は笛の音色を聴《き》きつけてやってきたようだった。

「そう、かな」

「そうだよ。……それに、おんなじ」

「え？」

「これ」

そこで少女は、自分の翼を大きく広げてみせた。

――あ……。

少女の翼は、その先端《せんたん》がキラキラと光っていた。私は目を凝《こ》らし、光る翼をまじまじと見つめる。

それは義翼《ぎよく》だった。白雪の結晶《けっしょう》で造ったような、美しく芸術的な翼。

「ほら、おんなじでしょ？」

少女は「ここ、ここ」と義翼のある個所を指差した。そこには一つの紋章《もんしょう》が刻まれていた。

それは『四翼天馬紋《ペーガ・ルーン》』と呼ばれる、白馬が四枚の翼を広げた紋章で、たしかに私の持っている

『笛《ブー》』とそっくりのデザインだった。

「それは……」

「パパに買ってもらったの。アキレス亭《てい》の、義翼《ぎよく》」

アキレス亭——私はその美しい義翼を造った店の名を知る。

「じゃあね」

それだけ言うと、少女は飛び去って行った。路地に射《さ》し込んだ月明かりが少女の義翼を煌《きら》めかせ、流星のような軌跡《きせき》を夜空に描《えが》いた。

「アキレス亭の、義翼……」

それが転機だった。


——もう、一年前になるのか……。

朦朧《もうろう》とした意識の中、私は目を覚ます。

布団《ふとん》の中で軽く伸《の》びをしてから、杖《つえ》を片手に立ち上がる。窓の外ではうっすらと雪が積もっている。

——どうりで寒いはずだ。

夜明け前の薄《うす》暗い雪原を見ていると、冷えきったあの日の路地裏を思い出して、かすかに背中がうずいた。

明かりの射さない空に手をかざし、私は指を一本一本折り曲げる。今日も空は遠く、私には翼《つばさ》がない。

「ブッフォア、ブッフォアーッ！」

——はいはい、今行くわよ。

私は車椅子《くるまいす》を引き寄せ、どっかりと腰掛《か》ける。

アキレス亭に住み始めて二十七日目。

「あなた、老馬にしては毛並みがいいわね」

「ブッフォア？（エサは？）」

「私に体を洗ってもらえるなんて光栄なことなのよ」

「ブッフォアァ～（エサはまだぁ～）」

「ほら、翼を広げなさい」

最近はブッフォンとも仲良くできるようになった。このアキレス亭での暮らしにもだいぶ馴染《なじ》んできた気もする。

「ほら、たーんとお食べ」

馬の体を拭《ふ》き終わると、私は桶《おけ》に人参《にんじん》を投げ入れた。

「ブッフォアアアアア——ッ！（エサキタ——ッ！）」

白馬は猛然《もうぜん》とエサをがっつき出す。時々「ブ、ブフッ、ブッフォ！」とむせながら猛烈《もうれつ》な勢いで食べる。

「もう……。そんなに急がなくても誰《だれ》も盗《と》らないわよ」

「ブフッ！（ウマッ！）、ブッフォ！（ウマイッ！）、ブッフォオオ!!（ウマイイイッ！）」

馬の世話を済ませたあとは、朝食の仕込みや買出しのリストアップをする。そのうちに、カーンカーンという音が工房《こうぼう》から聞こえ始める。いつもの朝、いつものリズムだ。

しばらく経《た》ったときだった。

「フリージア！」店内から声が聞こえた。「どこだ、フリージア！」

――ったく。

私は裏口の扉《とびら》を開けて怒鳴《どな》り返す。

「うるっさいわね！　そんなに大声で呼ばなくても聞こえるわ！」

馬とは仲良くなっても、肝心《かんじん》の主人とは口論の絶《た》えない日常が続いていた。

「……で、何の用？」

「おまえは本当に生意気な使用人だな」

「あなたこそもっと紳士《しんし》的に振《ふ》る舞《ま》うべきよ。いつも言ってるでしょ、少しはオスカーを見習えって」

「………」

「どうしたの？」

「ところで」

ガレットは不自然に話題をそらした。「なに……？」と私は彼を見上げる。

「仮翼《かよく》が出来たぞ」

ドクンッ、と心臓が高鳴った。

「本当に!?」

「ちょっと待ってろ」

彼はギッ、ギッといつもの音を立てながら工房に戻《もど》ると、慎重《しんちょう》な手つきで『それ』を抱《かか》えて出て来た。

――わあ……！

「どうだ、すごいだろ」

それは右翼《うよく》の半分ほどを模した、白色の義翼だった。一枚一枚の『羽』が見事な調和を保って整然と翼《つばさ》の上に並んでいる。仮翼とは思えない見事な出来映えだった。

「ほら、嵌《は》めてやるから服を脱《ぬ》ぎな」

「う、うん……あっち向いてなさいよ」

ガレットに促《うなが》され、私は上着をおずおずと脱ぐ。最初の『型取り』以降、何度も彼の前で服を脱いできたが、いまだに緊張《きんちょう》してしまう。息を短く吸うと、もう一度ガレットがこちらを見ていないのを確認《かくにん》してから、翼胸帯《ルーベル》をほどいた。翼がバサリと解放され、羽毛がわずかに散る。

「動くなよ……」

ガレットは私の右翼《うよく》を軽く持ち上げて、慎重《しんちょう》に義翼を近づけた。装着部分のサイズが合うことを確かめると、露出《ろしゅつ》した切断部に潤滑油《じゅんかつゆ》を塗《ぬ》る。油を塗られるとき「ひうっ……」とくすぐったくて私は身をよじった。

そして、ゆっくりと上から被《かぶ》せるようにして、義翼が嵌《は》められた。

ついに。

そう、ついに！

「見てみろ」

ガレットは顧客《こきゃく》用の姿見《すがたみ》を私の前まで運んだ。それは翼《つばさ》を全部映すことのできる巨大《きょだい》な開閉式の鏡で、義翼を着けた私の姿が目いっぱい映し出されていた。

「わあ……」

私は食い入るように鏡を見つめた。左右の翼は完璧《かんぺき》に均整が取れており、緻密《ちみつ》に計算された芸術作品のようだった。光を反射するたびに、羽の一枚一枚が美しい白銀に輝《かがや》く。

「まるで雪のようね……」

私が感想を漏《も》らすと、ガレットがこんなことを言った。

「じゃあ、こいつの名前は『雪の翼』だな」

Garet

その二十分後。

「別について来なくても良かったのに」

「出来たばかりの義翼《ぎよく》を壊《こわ》されちゃかなわねぇからな」

「ふん……」

フリージアはツンとした感じで唇《くちびる》をとがらす。

俺たちは近くの草原に来ていた。もちろん『雪の翼《つばさ》』を試用するためだ。

「まあいいわ。邪魔《じゃま》にならないように隅《すみ》っこにいなさいよ」

「へいへい」

フリージアは「よーしっ！」と気合いを入れるように髪《かみ》の毛を掻《か》き上げて、両翼を動かし始めた。バサリ、バサリという羽音が力強く草原に響《ひび》く。

義翼での飛翔《ひしょう》訓練は、まずその重さに慣れることから始まる。たいていの義翼使用者は、長いブランクのために翼を動かす筋肉——翼胸筋《よくきょうきん》が衰《おとろ》えているからだ。

だが、少女は違《ちが》った。

——大したもんだな。

俺は何気に感心していた。少女の動きは、初めて義翼を使うとは思えないほど力強く、堂《どう》に入《い》っていた。ついでに言うと、翼を動かすたびに少女の大きな乳房《ちぶさ》が上下にゆっさゆっさと揺《ゆ》れる。すごい迫力《はくりょく》だ。

羽ばたきは徐々《じょじょ》に大きくなった。草原が波打ち、嵐《あらし》の日のように風が巻き起こる。

少女は車椅子《くるまいす》から飛び出すように体を前傾《ぜんけい》させた。それから羽ばたきをどんどん速めて、最高の速度に達したときに、

「やっ！」

とかけ声を発して大空へと飛び立った――

はずだったが。

「きゃあっ！」次の瞬間《しゅんかん》、少女は俺の方に飛んで来た。

「ガッ……!?」

いきなり少女にぶつかられた俺はもんどりを打って草原に倒《たお》れ込む。

「いったあ……！」「いってえ……！」

気がつくと、何か大きくて柔《やわ》らかいものが俺の顔面にのし掛《か》かっていた。

下になった俺は、その柔らかいものをむんずとわしづかみにする。

「重いぞコラァ……！」

「キャアッ！　どこ触《さわ》ってるのよ！」

「あ？」

「この痴漢《ちかん》！」

俺の顔面に鉄拳《てっけん》が飛ぶ。

「まだ誰《だれ》にも触らせたことがないのに……っ！」

「や、やめろ、悪かった、オブッ‼」

前途《ぜんと》は多難だった。

Freesia

その三日後。

「えいっ！」

今日も私は、翼《つばさ》を震《ふる》わせて空へと飛び立つ。

――バランス、バランスを取って……わわっ！

ドシン、と派手に尻《しり》もちをつく。

「イタタ……」

お尻の肉に痺《しび》れたような痛みが走る。

また、失敗した。

「く……」

義翼《ぎよく》での訓練を始めて、いったい何百回墜落《ついらく》しただろうか。訓練に失敗はつきものとはいえ、あまりの進歩のなさに私は唇《くちびる》をきつく噛《か》む。このままでは天覧飛翔会《グラン・ルーラ》など夢のまた夢だ。

忸怩《じくじ》たる思いのまま、痛む体を起こす。

そのときだ。

「もう少し力を抜《ぬ》いたほうがいいぞー」

ぴくりと、私は動きを止める。

「うるさいわよ。静かにしてて」

背後にいるガレットを睨《にら》みつける。私が訓練のときは、彼はなんだかんだ言っていつもついて来る。

「もっと義翼をしならせろ。おまえの翼は――」

「ちょっと、あなたさっきから何なの？　つきあってくれなんて頼《たの》んでないわ」

「俺の勝手だ」

「前にも言ったでしょう。義翼《ぎよく》についてはともかく、飛翔《ひしよう》に関しては私のほうがプロよ。手助けは必要ないわ」

「何言ってる、俺のほうがキャリアが上だ」

「嘘《うそ》おっしゃい。だいたい、ガレット・マーカスなんて飛翔士《ルーラー》、聞いたこともないわよ」

「なんだと」

「なによ」

私にも飛翔士としてのプライドがある。これでもかつては天覧飛翔会《グラン・ルーラ》で優勝目前までいった。墜落《ついらく》さえしなければ、優勝の栄冠《えいかん》を手に、今ごろ妹と幸せな暮らしをしているはずなのに。

「あーあ、あなたがオスカーだったら喜んで教えてもらうんだけどな……」

「……ぬう」

ガレットは苦虫《にがむし》を嚙《か》み潰《つぶ》したような顔になった。どうもこの人は、オスカーの話題になると口数が減る。

だが、このときは違《ちが》った。

彼は急に大きな声を出した。

「オスカーだったら……？　あ、あ、そうか、なるほど……！」

「……なに？」

「いや、なんでもねえ。……俺、イイコトを思いついたわ」

そして彼は「ちょっと出かける！　おまえはあんまり無理すんなよ！」と言い残してブッフォンに飛び乗った。

四翼馬《ペーガ》が空の彼方《かなた》に飛び去って行くのを見送りながら、私は首をかしげる。

「イイコト……？」

Garet

我ながら名案だった。

「特別コーチを連れて来たぜ」

「はあ……？」

フリージアはキョトンとした顔になった。

特別コーチは元気よく自己紹介《しょうかい》をした。

「こんにちは！　このたび特別コーチに就任したクローバー・テクトラムです！　よろしくお願いします！」

「な、何を言ってるのクローバー」

「僕がフリ姉ちゃんに飛翔《ひしょう》を教えてあげる！」

「え、でも……」

訳が分からないといった顔をしている少女に、俺は説明してやる。

「義翼《ぎよく》で飛ぶことに関しちゃ、クローバーのほうがおまえよりずっと先輩《せんぱい》だ。それにな……」

俺はクローバーに目配せする。すると少年はニッと笑った。

「僕ね、あのオスカー・ウイングバレットに飛翔《ひしょう》を習ったんだよ！」

その瞬間《しゅんかん》だった。

さっきまで戸惑《とまど》いに満ちていたフリージアの顔が、今度は驚《おどろ》きに満ち溢《あふ》れた。

「え、え……？　今なんて言ったの？　オ、オ、オスカーに習った……⁉」

「そうだよ！　ウチの母ちゃんがオスカーと知り合いで、僕はオスカーに飛翔訓練を受けたんだ！」

嘘《うそ》ではない。

「ほ、本当⁉　というかクローバー、あなた、オスカーと知り合いなの⁉」

「うん、よく知ってるよ！」

「じゃ、じゃあ、オスカーは今どこに⁉」

「えっと……」

俺を見るな。

「遠いところに住んでる」

「遠いところってどこ⁉」

「えっと……」

だから俺を見るなって。

「僕はよく知らないけど、今度母ちゃんに訊《き》いてみる」

「そ、そう……！　分かったらすぐに教えてね！　絶対よ！　約束だからね！」

少女は鼻息荒《はないきあら》く少年の肩《かた》を揺《ゆ》さぶる。ちょっと落ち着け。

「まあ、そういうわけでだ」俺は話を戻《もど》した。「こいつの飛翔はオスカー・ウイングバレット直伝《じきでん》だ。だから遠慮《えんりょ》なく教わるといい」

「オスカー直伝……」

少女はそうつぶやくと、瞳《ひとみ》が見る見る輝《かがや》き、頰《ほお》が紅潮した。

「分かったわ！　さっそく教えてクローバー！」

作戦成功だ。


十分後。

「そう、そこで翼《つばさ》をちょっとすぼめて。そうそう、もっと風を摑《つか》む感じで！　うん、いいよ、いい感じ！」

クローバーは名コーチぶりを存分に発揮した。もちろん、陰《かげ》から指示を出しているのは俺だ。

「もう少し、体を前のめりにして」

「でも、これだと体勢が苦しいわ」

「オスカーはそのほうがいいって」

「そう、オスカーが……分かったわ」

フリージアは素直《すなお》に指示に従った。俺のときとは大違《おおちが》いだ。

「はい、そこで膝《ひざ》を曲げて」

「え？　でも……」

「オスカーがそう言ってた」

「分かったわ」

「膝は地面につけちゃっていいよ」

「でも……」

「オスカーがそう言ってた」

「分かったわ」

少女は素直に指示に従った。こいつは「オスカー」と名がつけば何でもいいのか、と俺は内心であきれる。今なら「三度回ってブッフォアーと叫《さけ》べ」という指示も素直に聞きそうだ。

ちらっと、目の端《はし》でクローバーがこちらを見る。俺は小さくうなずき、指示を続けさせる。

すべて手はずどおりだ。

「はい、手を握《にぎ》って」

クローバーが両手を差し出す。その手をフリージアが摑《つか》む。

「フリ姉ちゃんには、もう十分すぎるくらいの『飛ぶ力』がある。でも、それだけじゃ空は飛べないんだ」

「どういうこと？」

「フリ姉ちゃんは風を摑めてない」

「風を……摑む？」

　そこでクローバーが俺を横目で見た。俺はわずかに手を開く動作をする。

「とりあえず、翼《つばさ》を広げてみて」

「……？」まだ話をよく飲み込めていない様子のフリージアだったが、とにかく指示に従った。

美しい翼を純白の扇《おうぎ》のごとく広げると、右翼《うよく》の先端で義翼がキラリと光る。

「翼をゆっくり畳《たた》んで。そうそう。それで、最も『重い瞬間《しゅんかん》』で止めてみて」

「重い瞬間……」

　フリージアは翼を少しずつ閉じていった。すると全体の四分の一ほど翼をすぼめた瞬間に、

「たぶん、一番ここが重いわ」

「それが『風を摑んでいる』状態だよ。……それを『塊《かたまり》』だとイメージしてみて」

「塊……？」

「『風の塊だ』ってガレ……オスカーが言ってた」

　そこは間違えるな。

「次は、その塊を下に移動して。自分の足元に運ぶ感じで」

「やってみる」

少女は翼《つばさ》を指示どおりに動かす。すると、

「あ……！」

ふわっと、体が一瞬《いっしゅん》だけ浮いた。

「うん、いいよ！　あとはもっと翼の回転を上げて。『風の塊《かたまり》』を高く積み上げるイメージで」

「わかったわ！」

少女は翼の回転を上げ、次々に足元へと『塊』を運んだ。前に運んだ『塊』が拡散《かくさん》して消える前に、次の『塊』を運び、またそれが消える前に次を運ぶ。

――よし、いいぞ！

俺も手に汗《あせ》を握《にぎ》り、その様子を見つめる。クローバーには拳《こぶし》を回し「もっとだ」という指示を出す。すると少年は「フリ姉ちゃん、もっと速く！」と指示を出す。回転がさらに上がる。あたりの草原が同心円状に波を打ち、局地的な嵐《あらし》のごとく枯《か》れ草《くさ》や土埃《つちぼこり》が舞《ま》い上がる。少女は翼の回転を上げて、上げて、さらに上げて――

――今だ！

次の瞬間。

舞い上がった。

Freesia

——あ！

地面がどんどん遠ざかる。クローバーもガレットも、豆粒《まめつぶ》のように小さくなる。

——あ、あ、あ！

久々に感じる浮遊感、ゴウゴウという風の音、お腹《なか》の底が痺《しび》れるような圧迫《あっぱく》感——

——飛んでる！

私は興奮する。

——今、私、飛んでるわ！

だが、その直後だった。

「うわ！」

突風《とっぷう》が私を襲《おそ》った。まだ飛ぶことに慣れていない私は、それだけでバランスを大きく崩《くず》した。

「わ、わわ！」

さっきまでの軽さが嘘《うそ》のように、ずっしりと体が重くなる。頭から突《つ》っ込むように私は落下していく。

——落ちる……！

二年前の嫌《いや》な記憶《きおく》が蘇《よみがえ》る。すべてを失ったあの日、あの時、あの絶望――

そのときだ。

「フリージア！」

声が聞こえた。

「翼《つばさ》を広げろ！」

その声が耳に入ると、私はハッとして翼を広げた。

「そうだ、風を摑《つか》め！　さっきもやったろ！」

要領は同じだった。翼で風を感じ、その塊《かたまり》を次々に下へと運び、積み上げる。すると体が徐々《じょじょ》に軽くなり、落ちる速さも半減した。大地に着くころにはほとんどスピードを殺せていた。

「ブッフォン！」

ガレットの声が響《ひび》くと、「ブッフォアーーッ!!」と鳴き声が応《こた》え、私の下に白馬が現れた。

私はその大きな四枚の翼で受け止められる。

――助かった……。

白馬のクッションに支えられて、私は何とか地面に降りる。まだ心臓がバクバクいっている。

「よくやったな。いい飛翔《ルーレ》だったぜ」

着地した途端《とたん》だった。ガレットの大きな手が、ガシガシと私の頭を撫《な》でた。それはまるで、父親が娘《むすめ》の頑張《がんば》りを褒《ほ》める仕草。

――あっ！

脳裏で火花が散る。それは幼い日の記憶、優《やさ》しい思い出の欠片《かけら》。

私はガレットの顔をまじまじと見た。今、とても重要なことを思い出した気がする。

「どうした？」

じっと見つめる私に、彼は不審《ふしん》げな顔を向ける。

「ううん。……なんでもない」

――そんなわけ……ないか。

一瞬《いっしゅん》だけよぎった記憶の欠片は、そのときにはもう私の心から消えていた。

Garet

それから十日後。

その日は、クローバーを招いての夕食会となった。フリージアがどうしても日ごろのお礼をしたいと申し出たからだ。

「わあ、すごい料理だね！」

少年が歓声《かんせい》を上げる。テーブルには黄金色のスープや山盛りのサラダ、六翼鳥《レジール》の丸焼きなどがところ狭《せま》しと並んでいる。

「どう？　料理には自信があるのよ」

「すごいよフリ姉ちゃん！」

「それじゃあ、お祈《いの》りの時間ね。……天空にまします大神ウィンディアよ、今日の糧《かて》に感謝します」

少女が祈りを捧《ささ》げると、夕食会が始まった。

——ウオ、今日は格段にうめえな。

俺はスープを一口すすって、その味に驚《おどろ》く。クローバーを招待するとあって張り切ったらしく、一つ一つの料理に肉や調味料が贅沢《ぜいたく》に使われている。

「すっごくおいしいよ！」

クローバーが満面の笑《え》みを浮かべて料理をほおばる。「そう？　良かったわ」とフリージアはニコリと微笑《ほほえ》む。その顔はいつになく楽しげだ。

「フリ姉ちゃんは食べないの？」

「私はお腹《なか》いっぱいだから、もういいの」

「ふーん……」

——相変わらずだな。

フリージアはいつも小食だった。パンであれば指先につまんだカケラほどしか口に入れないし、スープなら二口飲んでやめてしまう。それは年頃《としごろ》の少女が体重を気にして量を減らしているにしても、限度を超《こ》した食事制限だった。

——妹はね、奉公《ほうこう》先でろくなものを食べていないの。だから、私だけおいしいものを食べるわけにはいかないわ。

食べない理由を尋《たず》ねたら、そんな答えが少女から返ってきたことがある。自分に厳しいのは相変わらずだった。

——そろそろ食わせないとな。

飛翔士《ルーラー》というのは体力勝負の世界だ。長丁場《ながちょうば》の天覧飛翔会《グラン・ルーラ》に出るならなおさら、体力づくりはきちんとしないといけない。

またオスカー様に頼《たよ》るかな、と俺が考えていると、

「ねえ、クローバー」

「ふぁあにフヒねえふぁん？（なあにフリ姉ちゃん？）」

「ほーら、食べながらしゃべらないの」

フリージアは少年の口元を布巾《ふきん》で拭《ぬぐ》ってやる。その姿は実の姉のようにかいがいしい。

「オスカーのことなんだけど」

——う。

俺は食事をしながら、さりげなく会話に耳を澄《す》ませる。

フリージアは目を輝《かがや》かせて言葉を継《つ》いだ。

「……あの話、どうなった？」

「あの話？」クローバーが首をかしげる。

「ほら、どこかで会えないかしら、っていう話」

「ああー」

少年は思い出したように目をパチクリした。

「どう？　オスカーって、いつなら予定が空いてる？」

少女は興味津々《しんしん》といった感じで身を乗り出す。

クローバーはちらりと俺を見る。俺は目立たぬように、ナイフとフォークで『×』を作る。

「ええと、オスカーは忙《いそが》しいとか言ってたし……当面は無理かなあ」

「そう……」

途端《とたん》にフリージアはシュンとした感じでうつむいた。

「残念だわ、一目お会いしたかったのに」

「ごめんね」

「ううん、あなたのせいじゃないわ。……それでね、その」

そこでフリージアは、にわかにモジモジと体をくねらせ、恥《は》ずかしそうに頰《ほお》を朱《しゅ》に染めた。

俺はとっさに悪い予感がした。

「オスカーって……えっと、あの、……まだ独身？」

「うん、独身だよ」

「そうなんだ！」

少女の顔は急に明るくなった。何がそんなに嬉《うれ》しいのか。

「じゃあ、一人暮らしなのね」

その質問に、クローバーはさらりと最悪の回答を告げた。

「ううん、女の人と住んでる」


——バカヤロ！

俺は内心で罵《ののし》ったが、もう遅《おそ》かった。

ちらりと隣《となり》を見ると、赤毛の少女が凍《こお》りついていた。

「お……」

その瞳が見開かれる。

「女の、人と……」

陸に上がった魚のようにしばらく口をパクパクさせたあと、少女は「なんですって……!?」

と時期遅《おく》れの叫《さけ》びを上げた。

「ク、クローバー！　その女はなんなの⁉」

夫の浮気現場を知らされた妻のように、フリージアは少年に詰《つ》め寄った。

「え、え……⁉　なんなのって」

「その女は、オスカーのなんなのっ⁉」

「それを僕に訊《き》かれても……」

頼《たの》むから俺を見ないでくれ。

「うーん……使用人、かなあ……」

「えっ、使用人……？」

「うん。オスカーに雇《やと》われて、毎日家事をしている」

「そうなんだ……」一転して、フリージアの顔に生気《せいき》が戻《もど》った。「雇われて、家事をしてるんだ。なんだ、そうか、使用人かあ……じゃあ、奥さんとか恋人じゃないのね」

「う、うん」

そこでフリージアは「よかった……」と心の底から安堵《あんど》したような声を出した。

「使用人のくせに生意気だって」

余計なことは言わんでいい。

「その女、生意気なのね。使用人の分際《ぶんざい》で、オスカー相手にとんでもないわ……」

俺が「まったくだぜ」と相槌《あいづち》を打つと、フリージアが変な顔をした。

○

ささやかな夕食会が終わると、俺たちはのんびりと過ごした。

「それ、なに？」

「これか？　天覧飛翔会《グラン・ルーラ》の審査《しんさ》済《ず》み証《しよう》さ」

「へえ……」

クローバーは興味深そうに、テーブルに置かれた書類を見つめる。

「僕も見たかったなあ、事前審査」

「役人が二人ほど来たぜ。体力検査と飛翔《ひしよう》試験、両方とも何とかパスした」

「すごいね、さすがフリ姉ちゃん」

「途中《とちゆう》でバランスを崩《くず》したときはヒヤッとしたけどな」

天覧飛翔会に出場するためには、当局による『事前審査』を受けなければならない。フリージアの審査は三日前に実施《じつし》され、どうにかパスすることができた。懸念《けねん》された『義翼《ぎよく》』での出場も問題ないようで、これで残すは本番だけとなった。

「フリ姉ちゃんは？」

「風呂場《ふろば》に行ったぜ」

「そっか……」

そこでクローバーは、考え事をするように目を何度か瞬《またた》かせた。テーブルの上では飲みかけの紅茶が湯気を立てている。

「……ねえ、ガレ兄ちゃん」

「なんだ」

「えっとね」クローバーは紅茶の表面を見つめながら、やや遠慮《えんりょ》がちに切り出した。「いつまで、黙《だま》っているつもりなの？」

「あ？」

そこで少年は声をひそめた。

「ガレ兄ちゃんが、オスカーだってこと。いっそのこと、正直に話しちゃったほうが……」

クローバーは真剣《しんけん》な顔で俺を見つめる。

「バッカ。話したら大変なことになるぞ。さっきのフリージアを見たろ」

「うん……。フリ姉ちゃん、オスカーにすっごい憧《あこが》れてるからね……」少年はそこで物憂《ものう》げに目を伏《ふ》せた。「だけどさ。ずっと隠《かく》し続けるわけにも……いかないよね？」

「いいんだよ。黙ってればバレやしねえって」

「うーん、そうかなあ……」

クローバーは納得《なっとく》しない感じで頰杖《ほおづえ》を突《つ》く。

「黙《だま》ってるの、つらいか？」

「んー、ちょっとね。だって、フリ姉ちゃんを騙《だま》しているみたいで……」

少年の飴色《あめいろ》の瞳《ひとみ》が、小石を落とした水面のようにかすかに揺《ゆ》らぐ。

「おいおい、おまえがそんな顔をしなくてもいいんだよ。時がきたら、ちゃんと話すからさ」

「……本当？」

「本当さ。つーかクローバー、今日は泊《と》まって行くんだろ？　だったら今のうちに風呂《ふろ》に入ってこいよ」

「でも、まだフリ姉ちゃんが入ってるよ」

「薪《まき》が勿体《もったい》ないからいっしょに入っちまえ」

「うん……」

少年はまだ気分が晴れないようだった。やや重い足取りで裏口まで歩く。

それを見送ると、俺は椅子《いす》の背もたれに寄り掛《か》かった。

――騙している、か……。

その言葉を思い出し、俺は天井《てんじょう》を仰《あお》ぎ見る。

本当のことを話したとき、少女はいったいどんな顔をするだろうか。ふと想像してみる。一《いっ》瞬《しゅん》、少女の驚愕《きょうがく》した表情が浮かび、そのあとには――

――そうか。

今さらながら、自分の気持ちに気づく。

――俺は、あいつに失望されたくないのか。

Freesia

その夜。

ひんやりとした工房《こうぼう》で、私は翼胸帯《ルーベル》をそっとほどく。両の乳房《ちぶさ》がランプの光を受けて白く浮かび上がると、かすかに鳥肌《とりはだ》が立つ。扉《とびら》の向こうではクローバーがすでに寝《ね》ているので、物音に気をつける。

「ん……」

乳房を包むように手をあてがい、私は今日の『整理体操』を始める。一日の疲労《ひろう》で硬《かた》くなった翼胸筋《よくきょうきん》――つまり乳房を揉《も》みほぐし、明日に筋肉痛が残らないようにするためだ。

乳房の輪郭《りんかく》に沿うようにして、手のひらをゆっくりと動かす。我ながら、自分の胸の大きさにはあきれる。重いし、肩《かた》が凝《こ》るし、人にはじろじろ見られて何もいいことがない。

そんなことを考えながら、自分の重たい乳房を揉んでいたときだった。

――！

それは突然《とつぜん》、雷鳴《らいめい》のごとく私を襲《おそ》った。

「う、あ……っ⁉」

今までも翼《つばさ》が強く痛むことはあったが、このときは次元が違《ちが》った。突《つ》き刺《さ》した刃物《はもの》を肉の中で何度もねじるような常軌《じょうき》を逸《いっ》した激痛。

「ぐ……が、ぐぉお⁉」

動物的なうめき声を上げながら、私は体を折り曲げて悶絶《もんぜつ》する。

その声を聞きつけたのか、

「フリージア……！」

工房《こうぼう》の扉《とびら》が開かれた。

彼は私を見た瞬間《しゅんかん》、「やっぱりな」とあきれたようにつぶやいた。

「や、やっぱりって、何が……？」

「痛いのは我慢《がまん》するなって、前も言ったろ」

「……我慢なんてしてないわ」

本当は猛烈《もうれつ》に痛い。

「訓練のせいで、翼に疲労《ひろう》が溜《た》まったんだろう。義翼《ぎよく》使用者にはよくあることさ」

「……ふ、ふーん」額に脂汗《あぶらあせ》をかきながら、私はなるべくなんでもないことのように答える。

「でも大丈夫《だいじょうぶ》よ」

「マッサージしてやる」

「……え？　ちょちょ、ちょっと」

ガレットは私の背後に回り込むと、おもむろに翼に触《さわ》った。私はびくんと体を強張《こわば》らせる。

「やめて、触らないで」

「おとなしくしろ」

ぐいっと、彼の手に力が込められる。翼の生《は》え際《ぎわ》を押さえられてしまうと、私は身動きが取れなくなった。そこは人体の急所で、警察官が暴漢を捕《と》らえるときによくこの場所を押さえ込む。

「あ、あふんっ！」

思わず変な声が出る。ガレットの手が、ぐい、ぐい、と翼のマッサージを始めたからだ。

「ひ、ひや、あっ、あっ！」

先ほどまでの痛みは消し飛び、代わりにくすぐったさと、イタ気持ち良さが私を襲《おそ》ってきた。全身に力が入らず、前のめりに体が崩《くず》れ落ちる。グニャグニャになりそうだ。

「ほら、どうせだから寝《ね》っ転がれ。そのほうが楽だぞ」

「やめて……はなし、て……」

言葉とは裏腹に、私は乳房《ちぶさ》を毛布に押し付けるようにして床《ゆか》に突っ伏《ぶ》した。上半身が裸《はだか》で恥《は》ずかしいが、とにかく全身の力が入らないので抵抗《ていこう》できない。

ガレットは毛布を私の肩《かた》に掛《か》けると、マッサージを続けた。

「んふぅっ……あん、は、はふぅぅっ」

自分でも聞いたことのない声が唇《くちびる》から漏《も》れる。他人のマッサージを受けるのは現役時代以来だ。

彼はとても上手だった。まるで私の心を見透《す》かしたように、凝《こ》っているところ、痺《しび》れているところ、痛いところをそれぞれの症状《しょうじょう》にそって的確に揉《も》んでくる。時に強く、時に優《やさ》しく。私はどんどん体の力が抜《ぬ》けて、なすがままにされる。翼《つばさ》をまさぐられて恥《は》ずかしいことは間違《まちが》いないが、最近ずっと悩《なや》まされていた痛みが魔法《まほう》のように融《と》けていく。

マッサージは両翼《りょうよく》を含《ふく》め、ほんの三十分ほどのことだった。

「……どうだ？」

終わったときには、私はなかばまどろみの中にいて、「ふにゃ……？」と寝言《ねごと》のような反応をした。

「まだ、どこか痛むか？」

「う……ううん」

私はうつぶせになった体を起こし、「……楽になったわ」と答えた。事実、翼の痛みは完全に取れ、体全体が浮遊するように軽くなっていた。

「じゃあな。無理すんなよ」

そう言うと、ガレットはギッ、ギッと音を立てて工房《こうぼう》を出て行った。

見れば白い乳房《ちぶさ》にうっすらと彼の手形が残っていた。私はこのときに至り、初めて乳房を揉まれていたことに気づき、締《し》め上げられた鶏《にわとり》のように悲鳴を上げた。


(Garet)


さらに二週間が経《た》った。

――すげえな。

雲を突《つ》き破って天空まで飛翔《ひしょう》した少女は、そこで停《と》まり、翼を大きく広げた。その姿は純白のドレスをまとった天使のように可憐《かれん》だ。

天使は雄々《おお》しく首を振《ふ》るって真っ赤な髪《かみ》を振り乱し、眼下の雲を睨《にら》んだ。そして体の向きを変えると、一気に雲の中へと突撃《とつげき》した。その急降下は一瞬《いっしゅん》ごとに加速する。

――まるで雷撃《らいげき》だ。

俺はブッフォンにまたがりながら、フリージアの様子を見つめる。短期間でここまで成長できるものなのか、と驚《おどろ》きを禁じえない。

少女は雲を突き抜け、その先に広がる草原へと突っ込んでいく。大地との距離《きょり》を測りながら、翼を微妙な角度で調整する。

激突《げきとつ》の間際《まぎわ》。

少女は大きく体をひねった。鋭《するど》い弧《こ》を描《えが》くように軌道《きどう》が変わり、地面すれすれを這《は》うように進む。その軌道は徐々《じょじょ》に上向き、少女は再び空へと舞《ま》い戻《もど》った。

「よし！」

天空からの鮮《あざ》やかなターンが決まり、俺は思わず歓声《かんせい》を上げる。少女のめざましい上達ぶりにはただ感心するしかない。

フリージアは俺と目が合うと、緩《ゆる》やかに降下した。翼《つばさ》を大きく広げ、動かない右足を左足で支えるようにしながら、慎重《しんちょう》に着地する。

——完璧《かんぺき》だ。

着地したフリージアは、軽く息を吐《は》くと、少し乱れた髪《かみ》を掻《か》き上げた。燃えるような赤髪と純白の翼の鮮やかなコントラストは目に焼きつくほどに美しく、そこにはかつての天才飛翔士《ルーラー》フリージア・ギガンジュームの復活した姿があった。

「どう？」

少女は自信に満ちた瞳《ひとみ》で俺を見た。頬《ほお》を上気させ、うっすらと汗《あせ》をかいた顔はどこか官能的だ。

「最高だったぜ。文句なしだ」

「当然よ」

フリージアは形のよい唇《くちびる》をわずかに上げて、ニッと勝気な微笑《びしょう》を浮かべる。かつての自信を取り戻した少女は、傲慢《ごうまん》なほど大きな胸をそらし、己《おのれ》の実力を誇示《こじ》してみせた。

——ひょっとすると……ひょっとするぞ、こいつは。

俺はさっき見たばかりの少女の飛翔《ひしょう》シーンを思い出す。義翼《ぎよく》とは思えないほどの初速、目を見張る加速、天才の名にふさわしい最高速——そのどれもが素晴《すば》らしかった。

天覧飛翔会《グラン・ルーラ》まではまだ三ヶ月ある。その残された時間で、少女の圧倒《あっとう》的な才能と、俺の持てる知識と経験をすべて注ぎ込めば、今よりもさらなる高みに達することは疑いようがなかった。

このペースだと、いったいどこまで少女が伸《の》びるのか、想像するだけで胸が高鳴る。こんな気持ちは現役をやめて以来だった。

——義翼で、天覧飛翔会に出て、優勝する。

当初は夢物語だったその未来が、この二ヶ月で現実的な目標へと変化を遂《と》げつつあった。

——勝てるかもしれない。

Freesia

青空を飛びゆく鳥たちに手を伸ばし、私は指をそっと折り曲げる。

今日は少しだけ空が近い。そんな気がする。

「ふん、ふふーん♪　……ん？」

鼻歌を歌いながら昼食の皿を片づけていた私は、食卓《しょくたく》の上に『アル・ラ・ウィンダール』を見つけた。国内では大手の新聞だ。

——あいつ、また散らかして。

私は新聞を折り畳《たた》み、所定の棚《たな》に仕舞《しま》おうとした。

そこで。

「あ……」

■ゴールドマリー、三連覇《れんぱ》に視界良好
昨日午後、グロリア・ゴールドマリー飛翔士《ルーラー》（16）が、三ヶ月後に迫《せま》る第一一六回『天覧飛翔会《グラン・ルーラ》』に向けての意気込みを記者団に語った。「優勝は当然。問題は新記録の樹立」と語るゴールドマリー飛翔士は終始余裕《よゆう》のある受け答えをして、優勝への自信を窺《うかが》わせた。前回準優勝のシラー・ペルヴィアナ飛翔士の欠場が決まる中、彼女の三連覇は視界良好だ。……


——グロリア……。

私は紙面をじっと見つめる。そこにはかつてのライバルが澄《す》ました笑《え》みを浮かべている。

——どきなさい、ギガンジューム。

少女の高圧的な声が蘇《よみがえ》る。

――この貧乏人《びんぼうにん》が。

グロリア・ゴールドマリー。

帝国《ていこく》最大貴族ゴールドマリー家の令嬢《れいじょう》にして、天覧飛翔会を連覇中の圧倒《あっとう》的な優勝候補。ついた異名が『黄金翼《おうごんよく》の女王』。前回も二位に大差をつけて優勝。

紙面には現在の『賞金ランキング』も載《の》っていた。無類のレース好きで知られる現皇帝マリア・ウィンダールは、飛翔《ひしょう》レースへの補助金を大幅《おおはば》に引き上げたため、いまや天覧飛翔会は国内最大の娯楽《ごらく》産業と化していた。

【獲得《かくとく》賞金ランキング（八三五年二月末現在）】
第一位　グロリア・ゴールドマリー　七億五〇二五万ダール
第二位　シラー・ペルヴィアナ　一億二六一七万ダール
第三位　ローザ・イストガーデン　一億一七〇四万ダール
第四位　リリー・ブロッサム　九一九三万ダール
第五位　サーシャ・ラベンダール　八〇四一万ダール

――圧倒《あっとう》的ね……。

グロリアは常に優勝候補の筆頭だった。私が引退して以来、彼女は大小の飛翔会《ルーラ》で十五回連続優勝という快挙を達成しているのだから、それも当然だった。

「おまえが新聞を読むなんて珍《めずら》しいな」

顔を上げると、テーブルの前にはガレットが立っていた。彼は「ちょっと貸せ」と私から新聞を受け取る。

「グロリアか……」

一分ほど、彼は静かに記事を読んでいた。

私とグロリアは、世間ではライバルと呼ばれていた。私が二年前、優勝目前で墜落《ついらく》したときに、代わりに優勝したのがグロリアだ。それから飛翔士《ルーラー》として花開いたグロリアと、引退した私。この記事はそんな二人の現在の距離《きょり》——もっといえば『明暗』を示していた。

「ガレット」

私は外出用の服を手に取り「買い物に行くわ」と言った。何となく外に出かけたい気分だった。

「そうか。なら俺も行く」

ガレットが裏口を開くと、待っていたようにブッフォンがいなないた。

○

白い翼《つばさ》を雄々《おお》しく広げて、ブッフォンが伸《の》び伸びと空を舞《ま》う。前には手綱《たづな》を握《にぎ》るガレット、後部座席には私。

十分もすると商店街に到着《とうちゃく》した。空では多くの客が飛び交《か》っている。

——賑《にぎ》やかなものね。

広場の上空には、何層にも渡《わた》って『雲上販売《ベーガ・セアラ》』がひしめいていた。巨大《きょだい》な雲上馬車《ベーガ・ホイル》に野菜と果物を満載《まんさい》にして客を集める大商人もいれば、自らの翼を羽ばたかせて取れたての卵を売り込む少年もいる。地上に並ぶ露店《ろてん》を『第一層』にして、最上空の『第八層』まで店が積み重なるように続く空中市場《ルー・マルシエ》は、商業都市ノウスガーデンの活気と景気を象徴《しょうちょう》していた。

「俺はちょっと寄るところがある。買出しのほうは頼《たの》んだぞ」

ガレットはブッフォンから降りると、義足を軋《きし》ませて商店街の中へと姿を消した。

——さて、買い物買い物。

彼を見送ると、私はブッフォンといっしょに買い物を始めた。

「そこの美しいお嬢《じょう》さん！　新鮮《しんせん》な飛び魚《ルーフィス》はいかが？」

空から舞い降りてきた髭《ひげ》の男が、ピチピチと跳《は》ねる魚を掲《かか》げて言った。美しいお嬢さん、と言われてもちろん悪い気はしないが、これは商売上の決まり文句だ。「ごめんなさい、また今度ね」と私は笑顔《えがお》で断る。

「今日は六翼鳥《レジール》が安いよ！」「もう一声！」「羽人参《ラーキャロ》、今なら三割引き、三割引き!!」「買った！　三十本頼《たの》む！」「おい、そこの四翼馬《ベーガ》、へばってるぞ！　誰《だれ》か代わりを連れて来い！」

顧客《こきゃく》の値切る声と、商人たちの呼び込みが幾重《いくえ》にも混ざって、空は混沌《こんとん》とした賑《にぎ》わいを見せている。とにかくすごい活気だ。いったい何百の露店《ろてん》があるのだろう。

「ねえお客さま！　これ、おいしいの！　取れたてなの！」

幼い体軀《たいく》に不釣合《ふつりあ》いなカゴを抱《かか》えた桃色《ももいろ》の髪《かみ》の少女が、空からパタパタと降りてくる。その愛らしい姿が妹のヒーナリカと重なり、私の口元も思わず緩《ゆる》む。

地面に降り立った少女は、ふっくらした頬《ほお》に果実のような微笑《ほほえ》みを浮かべて「ひとつかみ、三十ダールなの！」と値段を告げた。

「ねえ、これはいったい何かしら？」

私は馬上から身を乗り出し、カゴにどっさり入った黒い塊《かたまり》を見つめる。干《ほ》し葡萄《ぶどう》のようにも見えるが、それにしては茎《くき》や棘《とげ》が多い。

「軍隊大蝗《アームホルバ》なの！」

少女は嬉《うれ》しそうに叫《さけ》んだ。

——え？

カゴに入っていたのは数千匹はあろうかという、黒光りする『巨大《きょだい》イナゴ』の佃煮《つくだに》だった。天覧飛翔会《グラン・ルーラ》でもしばしば飛翔士《ルーラー》の進路を妨害《ぼうがい》する、農業地域ではお決まりの食用昆虫《こんちゅう》だ。

「うわ、い、いらないわ！」私はのけぞって馬を後退させる。

「ほら、おいしいよ？」

少女は巨大イナゴを素手《すで》で掴《つか》んでバリバリと食べてみせた。桃色の唇《くちびる》でイナゴの黒い足がピョコリと跳《は》ねる。

「ま、また今度ね！」

ブッフォンを切り返し、慌《あわ》ててその場を去る。昔から虫が苦手で、手で触《さわ》るのさえ嫌《いや》だったので口に入れるなどもってのほかだ。

――もう、嫌なものを見たわ……。

頭を軽く振《ふ》り、気を取り直してメモを開く。

「えーと、羽人参は、さっき三割引きとか言ってたわね……」

私はブッフォンの手綱《たづな》を引くと、買い物を続けた。

○

――四翼鳥《ベール》のもも肉でしょ、羽人参二十本でしょ、あとは……。

鞍《くら》に吊《つ》り下げた買い物カゴを確認《かくにん》し、今日の成果を確かめる。

「よし」

確認を終えた私は、ひそかな満足感にひたる。値引きもしてもらったし、オマケもしてもらった。これなら買い物上手といってもいいんじゃないかしら、と自分で自分を持ち上げる。

そろそろ帰ろう、とブッフォンを反転させた。

そのときだ。

私の周囲を、雨雲のような巨大《きよだい》な『影《かげ》』が覆《おお》った。何かと思って空を見上げると、空中市場《ルー・マルシェ》の上空を埋《う》め尽《つ》くすように雲上馬車《ペーガ・ホイル》の大群が停《と》まっていた。

――わ……！　いったい何……!?

それは一台一台が金色の塗装《とそう》を施《ほどこ》された、まばゆいばかりの黄金の馬車だった。三十台余が軍隊式の隊列を組んでいる。馬車の側面には、六枚の翼《つばさ》を広げた天空の猛禽《もうきん》『六翼不死鳥《レジフェーニ》』の紋章《もんしょう》が見える。

「あれって……」

商店街が騒然《そうぜん》となる。

やがて、とりわけ豪勢《ごうせい》な馬車から、一人の少女が飛び立った。豪奢《ごうしゃ》な金髪《きんぱつ》を風になびかせ、馬車よりもさらに煌《きら》びやかな黄金の翼を広げてゆっくりと市場に降りて来る。

手が震《ふる》える。それは恐《おそ》れにも似た感情。

「グロリア……」


活気に満ちていた空中市場は、一転して略奪《りゃくだつ》の場となった。

それは『買い物』ではあった。無尽蔵《むじんぞう》の資金力を背景に「あれがほしい」「これも全部」と金髪の少女――グロリア・ゴールドマリーは『選別』を続けた。それは独《ひと》り占《じ》めしているとか、買い占めているといった意識を感じさせない、自然で優雅《ゆうが》な行為《こうい》だった。しかし、それゆえに度《ど》し難《がた》い貴族階級の傲慢《ごうまん》さに満ち満ちていた。

一人で買い物を続ける少女と、指をくわえて遠巻きに眺《なが》める数百人の大衆。それは富と権力の所在をまざまざと見せつける趣味《しゅみ》の良くない演劇のようだった。グロリアは時に馬車ごと買い取り、時に気に入らない品物を投げ捨てた。誰《だれ》も文句をつける者などいなかった。商人たちは低姿勢で言葉を選びながら、グロリアの使用人からうやうやしく金貨を受け取った。

やがて、空中での買い物が済んだのか、グロリアは地上にある商店層に目を向けた。

――あ。

目が合った。

グロリアは一瞬《いっしゅん》だけ動きを止めると、ゆっくりと地上に降りて来た。波のように流れる豪奢な金髪、相手を威圧《いあつ》するかのごとく天を刺《さ》す黄金の翼。

グロリア・ゴールドマリーは、私の肩《かた》の高さで『停翔《ていしょう》』した。黄金の翼《つばさ》が緩《ゆる》やかに風を起こし、私の前髪《まえがみ》を揺《ゆ》らす。

「………」

最初は無言だった。少女は文字どおりの高みから、青い瞳《ひとみ》で私を観察した。その冷酷《れいこく》な表情に、私は薄《うす》ら寒《さむ》いものを感じる。

——まるで虫を見る目だ。虫の……死骸《しがい》を見る目。

顎《あご》をわずかに上げてあからさまに見下すような視線は、意識して行っているものではなく、誰《だれ》にも頭を下げることなく生きてきた少女の存在そのものを表しているようだった。

それは無意識なる傲慢《ごうまん》。蟻《あり》を踏《ふ》み潰《つぶ》しても、その生死に関心を払《はら》わないような無神経。

「久しぶり、グロリア」

自分の声が硬《かた》いのに気づく。グロリアと会うのは引退して以来だった。

「……久しぶりね」

その声は美しく、そして冷たい。

私をその碧眼《へきがん》で見据《す》えたまま、グロリアは言葉を継《つ》いだ。

「出場申請《しんせい》したんですって？　天覧飛翔会《グラン・ルーラ》に」

「そうよ」

「翼もないのに？」

そこでグロリアは私の背中に視線を走らせた。おそらく、今の彼女に不躾《ぶしつけ》なことをしているという意識はない。

「私は義翼《ぎよく》で飛ぶの」

「……義翼？」グロリアの頬《ほお》がぴくりと動く。「義翼って……あのニセモノの翼？」

「ニセモノ……」

その言葉が私の心に突《つ》き刺《さ》さる。ニセモノ。ニセモノの翼。

「ふーん、そう、義翼で……」

口紅《くちべに》の塗《ぬ》られた美しい唇《くちびる》を、そっと開くと、彼女は初めて表情を見せた。

それは微笑《びしょう》だった。美しいけれど、それゆえ残酷《ざんこく》な微笑。

「芋虫《いもむし》は、時が経《た》てば蝶《ちょう》になりますけど」

彼女はおもむろに、詩情めいた言葉を口にした。

「羽をもがれた蝶は、芋虫に戻《もど》れるのかしらね」

——芋虫……。

そしてグロリアは、もう飽《あ》きたと言わんばかりに私に背を向け、空へと飛び去って行った。

ただの一度も、彼女は地面に降りなかった。

Garet

用件を済ませた俺は、待ち合わせ場所へと戻《もど》ることにした。

——結局、何もなしか……。

用件はフリージアのことだった。以前、少女の翼《つばさ》を診断《しんだん》した際、俺は不自然な点に気づいた。あえて余分に翼を切ったような痕《あと》。もしかしたら、少女が二年前に墜落《ついらく》した一件には何か『裏』があるのではないか——そう疑った俺は、信用できる知人に調査を依頼《いらい》した。

しかし、結果は空振《からぶ》りだった。今日受けた調査報告は「不審《ふしん》な点は見当たりませんでした」という淡白《たんぱく》なものだった。

——取《と》り越《こ》し苦労《ぐろう》なら、いいんだけどな。

腑《ふ》に落ちない気持ちを抱《かか》えながら、ふと空を見上げると、

「お……」

上空から一人の少女が舞《ま》い降りて来た。王冠《おうかん》のごとき豪奢《ごうしゃ》な金髪《きんぱつ》、煌《きら》びやかな黄金の翼。

「よう、グロリア！」

懐《なつ》かしい名前を口にすると、金髪の少女は顔をしかめ、そして地面に着地した。通行人が畏《おそ》れたように道を空けた。

「久しぶりだな」

「…………」

グロリア・ゴールドマリーは冷淡《れいたん》な青い瞳《ひとみ》に俺を映し、「……なぜ、あなたがここに？」と眉《まゆ》をひそめた。

「ちょいとヤボ用でな。おまえこそどうした」

「…………」

少女は周囲に視線を配り、人目《ひとめ》が多いことを気にしたのか、おもむろに歩き出した。

「おい、待てよ」

俺は少女の後を追う。すぐに飛び去って行かないところを見ると、向こうも何か話したいことがあるのは間違《まちが》いなかった。昔からそういう奴《やつ》だ。

肩《かた》を並べて歩きながら、俺は話しかけた。

「背、伸《の》びたか？」

「…………」

グロリアは何も言わず、こちらに視線だけ向けた。その表情は相変わらず冷たい。

無言のまま路地裏に入ると、やっと口を開いた。

「訊《き》きたいことがあります。——ウイングバレット」

Freesia

——え？

その光景に驚《おどろ》く。

路地裏から出て来たのは、男女の二人組だった。一人はさっき会ったばかりの金髪《きんぱつ》の少女。そしてそのあとに出て来たのは、背が高くて、顔に大きな傷痕《きずあと》のある男性。

——ガレット……!?

思わずブッフォンを停《と》める。予想もしなかった取り合わせに驚《おどろ》きを禁じえない。

ガレットはグロリアの腕《うで》を摑《つか》んでいた。しかし、少女はその手を振《ふ》り払《はら》った。

——え、え？　どういうこと？

私は雷《かみなり》に打たれたように硬直《こうちょく》し、二人の様子をただ見つめる。

やがて、グロリアが翼《つばさ》を広げて空へと去って行く。ガレットは頭を掻《か》き、あきれたように肩をすくめる。彼がこちらに向かって歩き出すと、私は思わずブッフォンを反転させた。逃《に》げるようにその場を立ち去る。

——なぜ？　どうして、二人がいっしょに……？

混乱していた。何か見てはいけないものを見てしまったような気がした。

一介《いっかい》の義翼屋《ぎよく》と、ゴールドマリー家の令嬢《れいじょう》。知り合うにはあまりに身分が違《ちが》いすぎるし、だいたいあのプライドの高いグロリアが、命令するでもなく、言外に踏《ふ》みつけにするでもなく、まともに庶民《しょみん》と会話をしているところなど初めてだった。一見、邪険《じゃけん》に扱《あつか》っているようで、大地に足をつけて対等な高さで会話をしていること自体が、相手を認めていることの紛《まぎ》れもない証左《しょうさ》だった。

「……フリージア！」

背後から、彼の声がかかった。私はびくりと手綱《たづな》を握《にぎ》り、ブッフォンを停《と》める。

彼が追いつくと、

「買い物、終わったのか？」

「……ええ」

硬《かた》い声で答える。なぜか、今は彼の顔を正視できなかった。

「前、空けてくれ」

「う、うん」

私が後部座席に移ると、彼はひらりとブッフォンに飛び乗った。

――訊《き》かなきゃ。

内心ではそう思ったが、口にしようとすると喉《のど》の奥で何かがつっかえた。

「どうした？　顔色が悪いぞ？」

「ううん。なんでもない」

「そうか。……ブッフォン！」

彼が合図をすると、ブッフォンは大きく翼《つばさ》を広げた。

私たちは空へと舞《ま》い上がる。あっという間に空中市場《ルー・マルシエ》が遠ざかって行く。

——私……。

もやもやとした感情を押し留《とど》めるように、私はそっと胸に手を押し当てた。


私の心を揺《ゆ》さぶったのは、それだけではなかった。

アキレス亭《てい》に到着《とうちゃく》すると、玄関扉《げんかんとびら》の前にはいつもの郵便夫《ゆうびんふ》が座り込んでいた。

「どうした、そんなところで」

ガレットが声をかけると、

「お待ちしてましたよ。これ、帝室《ていしつ》からの特別便でして」

初老の郵便夫は、恭《うやうや》しく一通の封書《ふうしょ》を取り出した。それには帝室の文書にしか許されない『王者の銀鷲《ヴォーグル》』の紋章《もんしょう》が押印《おういん》されている。

「じゃあ、これにサインを」

これで肩《かた》の荷が下りた、とばかりに郵便夫はそそくさと飛び去って行った。

ガレットは「ずいぶんご大層だな……」と封書を裏返し、私に差し出した。

「おまえ宛《あ》てだ」

「私……？」

「ほら」

宛名《あてな》を見ると、たしかに私宛てになっている。

「あ、飛翔会《ルーラ》の書類かしら」

「そうかもな」

この前にあった審査《しんさ》のことを思い出しながら、私は封《ふう》を開ける。

中からは、二枚の瀟洒《しょうしゃ》な便箋《びんせん》が出てきた。私は素早《すばや》く視線を走らせる。

――え？

手が震《ふる》える。

――なに……？

膝《ひざ》から力が抜《ぬ》け、その場に崩《くず》れ落ちる。

――なんなの、これ……？

ガレットが何か叫《さけ》んだが、それがひどく遠い世界のことのように感じる。

――夢……？　これは……夢なの？

手紙には、こう書かれていた。

出場停止。

【第四章】

さよならを告げた日×さよならを告げられた日

Garet

ベッドの上から憂鬱《ゆううつ》な曇《くも》り空を眺《なが》めていると、玄関《げんかん》を叩《たた》く音がした。

「うるっせぇな！　今日は休みだって書いてあんだろ！」

荒《あら》っぽい声とともに扉《とびら》を開けると、そこにはライトグリーンの髪《かみ》の少年が立っていた。

「なんだ、おまえか」

「ごめん……お休みなのに」

クローバーが申し訳なさそうに俺を見上げる。

「いいって。入れよ」

「うん……」

お湯を沸《わ》かすために、炉《ろ》に薪《まき》をくべる。いつもならフリージアに申しつけるところだが、今日は何も命令していない。

「フリ姉ちゃん、様子どう？」

ちろちろと揺《ゆ》らめく火に視線を落としながら、クローバーが訊《き》いた。「相変わらずだ」と俺は低い声で返す。

「そう……」

少年の瞳《ひとみ》が曇《くも》り、淡《あわ》い緑色の翼《つばさ》がしょぼくれる。俺は何か言葉をかけようと思ったが、今はうまい言葉が思いつかない。

昨日、帝室《ていしつ》から届いた手紙は少女の希望を粉々に破壊《はかい》した。『義翼《ぎよく》での出場は過去に前例がない』という理由で、フリージアの出場資格が停止になった旨《むね》が記されていたのだ。これは皇帝陛下の最終決定である、という脅《おど》しめいた文句《もんく》が駄目《だめ》押しだった。

『出場停止』

つまり、フリージアは天覧飛翔会《グラン・ルーラ》に出ることができない。

いったんは出場許可を取りつけていたこともあり、少女の受けたショックは尋常《じんじょう》ではなかった。手紙を取り落としたあとは地べたに座り込み、魂《たましい》が抜《ぬ》けたように放心状態となった。昨日も顔面蒼白《そうはく》のまま寝床《ねどこ》につき、今朝は起きてすらこない。

――無理もない。

少女の追い求めてきた夢――現役復帰も、家の再興も、何より妹といっしょに暮らすことも――それらが全部、絶望的となったのだ。気を落とすなと言うほうが白々《しらじら》しい。

テーブルでは、しなびたパンの欠片《かけら》が動物の死骸《しがい》のように横倒《よこだお》しになっていた。その隣《となり》では冷めた紅茶がゆらゆらと所在なさげに液面を揺らしている。

――とにかく、メシだけでも食わせないとな。

俺は椅子《いす》から立ち上がり、少女の眠《ねむ》っている工房《こうぼう》へと足を運んだ。扉《とびら》をノックして「フリージア！」と声をかける。しかし返事はない。

「入るぞ……」

扉《とびら》を開き、中へと踏《ふ》み込む。

そして。

「フリージア……？」

○

飛翔会《ルーラ》に出られなくなったので、ここをやめます。

今までお世話になりました。

クローバーには、あなたからよろしく伝えてください。

工房《こうぼう》の鉄床《かなとこ》には、亡骸《なきがら》のように雪の翼《つばさ》が置かれ、その上では一枚の紙が隙間《すきま》風《かぜ》に揺《ゆ》れていた。

手紙を読んだ俺は、しばし愕然《がくぜん》とする。

――ブッフォンはあとで必ず返します。

手紙の末尾には小さくそう書かれていた。裏口を出て確かめると、たしかに馬小屋は空っぽだった。ブッフォンは自分が認めた相手にしか背中を貸さない気性なので、フリージアが乗って行ったのは間違《まちが》いない。

──あのバカ……！

俺はコートをひったくるように掴《つか》み、旅費となりそうな銀貨をありったけポケットに突《つ》っ込んだ。

「ど、どこに行くのガレ兄ちゃん……!?」

「ウィンダムだ！」

「僕も行く！」

「馬鹿《ばか》！　死にてぇのか！」

少女の考えは分かっていた。帝室《ていしつ》の正式決定を覆《くつがえ》すことができる方法は、この世にたった一つしかない──それは皇帝への直訴《じきそ》。

──あいつ、死ぬ気か……？

逸《はや》る気持ちに押されるように、俺は勢いよく玄関《げんかん》を開けた。

そのときだ。

キラリと、鋭《するど》い光が目の前を走った。

──うわ、危ねっ！

俺の眼前に突《つ》きつけられたのは、槍《やり》の切っ先だった。見れば、いかつい男たち数名が、俺を囲むように玄関前に立ち塞《ふさ》がっていた。

「アキレス亭《てい》のガレット・マーカス、だな？」

「……なんだ、てめえら」

俺はクローバーを背中に隠《かく》すようにしながら、男たちに警戒《けいかい》の視線を送った。人数は五人。全員が武装している。

一人が大きな声で告げた。

「勅命《ちょくめい》である！」

Freesia

午後の太陽を浴びながら、白馬は天空を翔《か》ける。その四枚の翼《つばさ》を交互《こうご》に休ませながら続いた旅も、ついに終着点を迎《むか》えた。

「見えてきたわ！」

眼下に広がる市街地、その先にはぎらりと輝《かがや》く銀色の建物。皇帝《こうてい》の住む帝城《パレスール》は首都ウィンダムの中心にあり、そこから同心円状に城下町が広がる。帝国最大の都市だけあって、その外観は堂々たる威容《いよう》を誇《ほこ》っていた。

「よし、ここで降りましょう」

手綱《たづな》を軽く引くと、ブッフォンの高度が徐々《じょじょ》に落ちていく。

アキレス亭のあったノウスガーデンを旅立ち、わずかに二日。ブッフォンは老馬とは思えぬ驚異《きょうい》的なスピードで空を翔け抜《ぬ》け、今、首都ウィンダムに到着《とうちゃく》した。

道中は、飲み水となりそうな河のそばに泊《と》まったり、使われていない人家を拝借した。夜の寒さは厳しかったが、ブッフォンと寄り添《そ》って眠《ねむ》ったので何とか我慢《がまん》できた。空腹のときは山菜や野草を取って飢《う》えをしのいだ。

ブッフォンが少しでも嫌《いや》がったり、疲《つか》れを見せたら、すぐに元の主人のところに帰そうと思った。しかし、この年老いた四翼馬《ペーガ》は、忠誠を誓《ちか》った騎士《きし》のごとく私につき従い、最後まで命令を聞いてくれた。一人ぼっちの私にとって、それは涙《なみだ》が出るほどありがたい『友情』だった。

「ブーフッ！」

一声だけ鳴くと、四翼馬は柔《やわ》らかそうな街路にゆったりと着地した。

そして。

「ありがとう。無理言ってごめんね。……さあ、主人の元へお帰り」

私は白馬の首筋を優《やさ》しく撫《な》でる。「ブフッ……？」と濡《ぬ》れたように光る瞳《ひとみ》が、不思議そうに私を映す。

「名残惜《なごりお》しいけど、ここでお別れよ」

「ブーフッ……」

私の頬《ほお》に、ブッフォンの鼻先が擦《こす》りつけられる。それは別れを惜しむ仕草。

覚悟《かくご》は出来ていた。畏《おそ》れ多くも皇帝《こうてい》陛下に直訴《じきそ》に行く以上、命の保障はない。ブッフォンともこれが最後になる。

「ブッフォン、今まで本当にありがとう。私、あなたのこと、大好きよ……」

首筋に優《やさ》しく口づけをすると「ブーフォ……」と馬は寂《さび》しげな声を出した。

「じゃあね」

背を向けて、私は帝城《パレスール》へと歩き出す。ここから先は一人だ。

角を曲がるときに、私は一度だけ振《ふ》り返った。

白馬はつぶらな瞳《ひとみ》で、まだこちらを見つめていた。

○

貴族の屋敷《やしき》が立ち並ぶ区画を抜《ぬ》けると、まぶしい白銀の壁《かべ》が目に入った。帝城。そこは帝国権力の牙城《がじょう》。

——正気《しょうき》の沙汰《さた》じゃない。

ギガンジューム家は反逆罪で没落《ぼつらく》した。本来なら一家全員が処刑《しょけい》されてもおかしくなかったのに、それでもこうして生きていられるのは先代皇帝の気まぐれな温情にすぎなかった。その恩を忘れて直訴に行くなど、どう考えても自殺行為《こうい》だった。

——行けば死ぬ。

その結末が分かっているからこそ、私は一人で店を出た。誰《だれ》かを巻き込むことはできない。ましてや、ガレットやクローバーに迷惑《めいわく》をかけるなんて考えられない。

アキレス亭《てい》を出るときは、自分でも驚《おどろ》くほど胸が締《し》めつけられた。たった二ヶ月にもかかわらず、あそこでの暮らしが想像以上に自分の中で大きくなっていることを改めて思い知らされた。

——さよなら。

そっと、心の中で別れを告げる。それから私は、何度か深呼吸をして覚悟を決めると、正門へと歩き出した。

「止まれ！」

私が姿を見せると、すぐに怒声《どせい》が飛んだ。衛兵たちの視線が一斉《いっせい》に私を貫《つらぬ》き、あわただしく軍靴《ぐんか》が響《ひび》く。

「ここから先は帝室の敷地《しきち》だぞ！」

屈強《くつきょう》な兵士が私を威圧《いあつ》するように見下ろす。全身をすっぽり覆《おお》った灰色の甲冑《かっちゅう》が太陽を浴びて鈍《にぶ》く輝《かがや》く。

私は胸に手を当てると、明瞭《めいりょう》に告げた。

「皇帝陛下にお会いしたく存じます。ぜひ、お取《と》り次《つ》ぎいただけないでしょうか？」

○

冷たい石の床《ゆか》に突《つ》っ伏《ぷ》しながら、私は時を待っていた。

門前で兵士に拘束《こうそく》され、連れて来られたのは帝城《パレスール》の地下牢《ちかろう》だった。空気がよどみ、かび臭《くさ》いにおいが鼻につく。

ザラザラした感触《かんしょく》の太いロープで、両手は厳重に縛《しば》られている。足には鎖《くさり》でつながれた大きな鉄塊《てっかい》。まるで罪人だな——と思ってから、事実そのとおりだと考え直す。皇帝陛下《こうてい》に直訴《じきそ》するなど、その場で斬《き》り捨てられても文句《もんく》の言えないほどの不敬行為《こうい》だ。こうして生きていられるだけまだマシだった。

ぴちょり、ぴちょり。かすかに、水の音が聞こえる。どこかから垂《た》れる断続的な音。喉《のど》が渇《かわ》いて仕方なかったが、処刑《しょけい》を待つ私には水も食事も無用だろうと思われた。

三時間も留め置かれたか。

——おい……！

朦朧《もうろう》とした意識の中で、私は荒《あら》っぽい声を聞いた。

——起きるんだ……！

「う……」

瞼《まぶた》をうっすらと開けると、黒い軍靴《ぐんか》が目に入った。顔に張り付いた髪越《かみご》しに、かろうじて視線を上に向けると、いかつい兵士二名が私を見下ろしていた。

「立て」

私は両脇《わき》から抱《かか》えられ、兵士たちによって力づくで立たされる。

そこで気づいた。

――誰《だれ》……？

牢の前には、見知らぬ女性が立っていた。

「フリージア・ギガンジュームを名乗る痴《し》れ者《もの》は、おまえか？」

頬《ほお》のあたりで切りそろえた髪は闇《やみ》に溶《と》け込むように黒く、前髪の向こうには鋭《するど》いアイスブルーの瞳《ひとみ》。広げた翼は髪と同じ漆黒《しっこく》で、暗闇を切り取るような鋭角《えいかく》的なフォルム。

「はい。ギガンジュームです」

「……ひとつ訊《き》く」

人形のように無表情な顔から、抑揚《よくよう》のない声が出てくる。整った顔だちは美しかったが、何を考えているか分からない恐《おそ》ろしさがあった。まるで人間味を感じさせぬ、無機質で無反応な表情。銀色の刺繍《ししゅう》が入った黒い近衛兵《このえへい》の服と相俟《あいま》って、死神のような威圧《いあつ》感を漂《ただよ》わせている。

「二年前の天覧飛翔会《グラン・ルーラ》で、陛下がおまえにおっしゃられた言葉を言ってみろ」

「え？　……二年前？」

「本物のギガンジュームなら分かるはずだ。答えろ」

――二年前……。

女性の言うとおり、私はそのころ皇帝《こうてい》陛下と謁見《えっけん》したことがあった。天覧飛翔会《グラン・ルーラ》のスタート前、ほんの数分のことだ。

「えっと、たしか――」私はおぼろげな記憶《きおく》から、そのセリフを引っ張り出してみる。「『反逆者の分際《ぶんざい》で飛翔会《ルーラ》に出る不埒者《ふらちもの》は、おまえか?』とか……」

そこで黒髪《くろかみ》の女性は、かすかに眉《まゆ》を上げた。

――いったい何……?

「ギガンジューム」

そして女性は、信じられない言葉を口にした。

「陛下がお待ちだ」

○

――うわ、すごい……。

扉《とびら》が開いた瞬間《しゅんかん》、まぶしいほどの黄金の光が私を包んだ。贅沢《ぜいたく》に使った空間の四方を金色の壁《かべ》が囲み、天井《てんじょう》には中天の太陽のごとき明るい宝玉《ほうぎょく》。敷《し》き詰《つ》められた絨毯《じゅうたん》は波打つ草原のようななめらかな光沢《こうたく》を帯びている。どこを取っても派手な――それでいて全体に芸術的な調和が取れた最高級の室内装飾《そうしょく》。

部屋の奥には何段かの階段があり、その上にはひときわ輝《かがや》く玉座が置かれていた。

玉座には一人の人物が座っていた。少女――というにはずいぶんと背が低かった。透《す》き通った湖のような水色の翼《つばさ》を広げ、翼と同じ色の髪を大腿《だいたい》のあたりまで伸《の》ばしている。金銀を散りばめた荘厳《そうごん》な衣装《いしょう》は目に焼きつくほどに鮮烈《せんれつ》だ。

「まさか本物とはな」

黄金の玉座に腰掛《こしか》けた、十三歳の最高権力者が声を発した。言葉遣《づか》いこそ年寄りじみているが、声の響《ひび》きには年齢相応の幼さが伴《ともな》っている。

第四十五代皇帝、マリア・ウィンダール。

父親である先代皇帝が急逝《きゅうせい》したため、弱冠《じゃっかん》十歳にして帝位を継《つ》いだのが三年前。その政《まつりごと》は『派手好き』の一言で表せる。何をするにも派手で、煌《きら》びやかで、美しくなければ気が済まない。玉座の間が黄金に塗《ぬ》り変えられたのも、帝城《パレスール》の外壁《がいへき》が白銀に塗り固められたのも、すべては十三歳の皇帝の好みによるものだった。無類のギャンブル好きとしても知られ、伝統ある天覧飛翔会で史上初めて賭博《とばく》を解禁した。

派手好き、ギャンブル狂《ぐる》い、わがまま放題――私は連行されながら、皇帝にまつわる世評を思い出した。

「……ほどいてやれ」

「は！」

陛下の命令を受けると、ヴィクトリア——私をここまで連行した黒髪《くろかみ》の女性——は、腰《こし》の鞘《さや》からすらりと刀を抜《ぬ》いた。私の隣《となり》で一度だけそれを縦に振《ふ》るうと、はらりと両手の縄《なわ》がほどけた。そして彼女は、私の前に杖《つえ》を置いた。

「わらわの顔を覚えておるか、ギガンジューム？」

「……は、はい」私は杖で体を支えながら、緊張《きんちょう》気味に挨拶《あいさつ》をする。「陛下におかれましては、変わらぬご壮健《そうけん》ぶり、臣民《しんみん》としてまことに喜ばしく——」

「よいよい、堅苦《かたくる》しい挨拶《あいさつ》は」

面倒《めんどう》くさそうに陛下は手を振った。

「して、ギガンジューム。用件はなんじゃ？」

陛下は玉座に腰掛《こしか》けたまま、水色の髪《かみ》の毛を小さく梳《す》いた。青い光沢《こうたく》が長髪《ちょうはつ》の上を波紋《はもん》のように流れ、前髪の向こうでは美しい碧眼《へきがん》が好奇心で光る。

「畏《おそ》れながら、陛下にお願いしたいことがございます」

「ほう。願いとな？」

そこで私はわずかに息を吸い、渇《かわ》ききった喉《のど》から言葉を搾《しぼ》り出した。

「来《きた》るべき天覧飛翔会《グラン・ルーラ》において、義翼《ぎよく》での出場を――」

「駄目《だめ》じゃ」

あまりにも間髪入《かんはつい》れずに否定されたので、「……え？」と反応が遅《おく》れた。

陛下は私を見て、片方だけ眉《まゆ》を上げた。そんな用件か、つまらない……といった感がありありと顔に出ている。

「お、畏れながら、陛下――」

「同じ用件なら聞かぬぞ」

「…………」

「話は終わりじゃな？　まったくつまらん……」

陛下は軽くあくびをして玉座を立とうとした。

「陛下！　お待ちください！」無礼とは承知でまくし立てた。ここで引き下がったらすべてが終わってしまう。「なぜ、義翼は認められないのでしょうか!?　義翼の装着は、欠損した翼《つばさ》を補うだけのものです！　飛翔会《ルーラ》規定にあるような禁止行為《こうい》ではありません！」

「無礼であるぞギガンジューム！」

ヴィクトリアが一喝《いっかつ》した。私は慌《あわ》てて頭を下げる。

「のう、ギガンジューム」

陛下は何を思ったか、私のほうに近づいて来た。自棄《やけ》気味に声を荒《あら》げたことが、かえって彼女の気を引いたようだった。

「わらわの好きなものを、そなたは知っているか？」

「え……」

いきなりの質問に戸惑《とまど》う。

「申してみよ」

「そ、それは……派——」派手なもの、と答えかけて、とっさに軌道《きどう》修正した。「美しいものでございます、陛下」

「そうじゃ。わらわは美しいものが好きじゃ。玉座も、帝城《パレスール》も、天空塔《とう》も、すべて美しく造り変えた」

陛下はそこで私を見た。

「だから、美しくないものは見たくないのじゃ。翼《つばさ》の欠損した者など、なおさらな」

——翼の欠損した者……。

「ではな」

そこで陛下は、厄介払《やっかいばら》いをするように小さく手を振《ふ》り、踵《きびす》を返した。

「陛下！　お待ち下さい！　陛——」

私が杖《つえ》を突《つ》いて追いかけようとした瞬間《しゅんかん》。

ヒュッ、と風を切る音がして目の前を一本の閃光《せんこう》が走った。赤いものが目の前に散り、それ

が絨毯《じゅうたん》に落ちてから自分の血液であると気づく。

――うう……！

「動いたら殺す」

私の前にはヴィクトリアが立っていた。その手には一本の長刀。たった今それを一閃《いっせん》したらしかったが、速すぎてまったく見えなかった。左の視界がどろりとした赤色に染まる。痛い、熱い。呼吸が苦しい。

「ヴィクトリア、絨毯を汚《よご》すでない」

陛下がわずかに振《ふ》り向いて言った。

「は、申し訳ございませぬ」

「わらわは寝《ね》る……ふぁ」

陛下はあくびまじりに、ゆっくりと部屋の奥へと歩いて行く。

私は拳《こぶし》をギュッと握《にぎ》り締《し》める。目の前には黒髪《くろかみ》の護衛役、その手にはぎらついた長刀。

次に動いたら、きっと首が飛ぶだろう。だがそれでも、私は前に進むしかなかった。

「陛下……！」玉座の前の階段を必死に上る。「今一度、私の話を聞いてくだ――」

「――動いたな」

「うあっ！」

階段を上りきろうとしたところで、また眼前を鋭《するど》い閃光が走った。バッと血しぶきが飛び散り、私は背中から倒《たお》れ、階段から転げ落ちる。

——が……っ！

床《ゆか》に後頭部を強く打ちつける。傷口からは血が噴《ふ》き出し、それが私の顔を火箸《ひばし》のように焼く。金臭《かなくさ》い味が口の中にとめどなく流れ込むも、出血で体に力が入らず、のたうち回ることすらできない。

——ああ、終わる……。

意識が遠のく。すべてが深い闇《やみ》に染まる。私は二度と目を覚まさぬ彼岸へと落ちていく。

だが。

そこで信じられないことが起きた。

意識の途切《とぎ》れる最後の瞬間《しゅんかん》、私はたしかに、陛下のこんな言葉を聞いた。

——来たか、ウイングバレット。

そこから先のことは覚えていない。

Garet

玉座の間に通されて、俺は硬直《こうちょく》した。

部屋の真ん中には一人の少女が倒《たお》れていた。燃えるような赤髪《あかがみ》、細くて華奢《きゃしゃ》な体。その下には血溜《ちだ》まりが広がっている。

「フリージア……!!」

少女の名を叫《さけ》び、俺は駆《か》け寄った。

「おい、フリージア！　大丈夫《だいじょうぶ》か……！」

少女を抱《だ》き起こし、その怪我《けが》を確かめる。顔面を斬《き》られたらしく、左目の周囲が真っ赤に染まっている。

「手当てを……！」

俺は皇帝《こうてい》に向かって叫んだ。無礼だとか不敬だとかは二の次だった。

「――してやれ」

低い声が響《ひび》くと、「は！」と宮廷《きゅうてい》の使用人が部屋に入って来た。真っ赤になった少女に対し、傷の手当てが始まる。

やがて、応急処置が終わると、フリージアは部屋の外に運ばれて行った。力なく垂《た》れ下がった白い腕《うで》が扉《とびら》の向こうに消えて行くと、俺は言いようのない不安にとらわれた。

「ウイングバレット」そこで皇帝――マリア・ウィンダールが口を開いた。「ギガンジュームに義翼《ぎよく》を造るという話は、どうやら本当のようじゃな」

マリアは眉《まゆ》を上げて、あきれたようにこちらを見た。「……御意《ぎょい》」と俺は短く答える。

「世界一の飛翔士《ルーラー》が、今は場末の義翼屋とはな……」

「…………」

「まあ、よかろ」

マリアは水色の髪を指で梳《す》くと、「ほら、入ってまいれ」と視線を扉に向けた。

――なんだ？

さっきフリージアが退室したばかりの扉が、再び重々しく開く。

そして扉の向こうからは、俺のよく知る金髪《きんぱつ》の少女が姿を現した。

○

天を突《つ》くような黄金の翼《つばさ》、太陽を引き伸《の》ばして編み込んだような輝《かがや》く金色の長髪。

グロリア・ゴールドマリーは部屋の中央までゆっくりと歩いて来た。

――なぜ、彼女がここに……？

意外な人物の登場に、俺は呆気《あっけ》に取られる。

少女は俺のほうをわずかに一瞥《いちべつ》したあと、すっと絨毯《じゅうたん》に片膝《かたひざ》をついた。

「陛下、お待たせして申し訳ございません」

グロリアが頭を垂《た》れると、黄金の髪《かみ》が塊《かたまり》のように床《ゆか》に落ちた。

「うむ、やっと来たか」小さくうなずくと、マリアは玉座に座り直した。「二人を呼んだのは他《ほか》でもない。来《きた》るべき天覧飛翔会《グラン・ルーラ》のことじゃ」

――なに？

「ウイングバレット。おぬしは、飛翔会《ルーラ》にまつわる『黒い噂《うわさ》』のことを知っておるか？」

「黒い噂……ですか？」

「そうじゃ。天覧飛翔会では、ギャンブルをめぐって様々な不正が行われている、という噂じゃ」

それは俺も聞いたことがあった。飛翔会では、公式・非公式を問わずにギャンブルが盛《さか》んに行われ、数億とも数十億ともいわれる大金のやりとりがなされている。それにまつわるトラブルも多い。

「ギャンブルは大いに結構。運否天賦《うんぷてんぷ》で金を賭《か》け、破滅《はめつ》して派手に散るのも一興。……だが、それに水をさす無粋《ぶすい》な輩《やから》もおるようでな」

「御意《ぎょい》」

俺が短く答えると、マリアは隣《となり》に目をやった。黒髪の護衛役が残りの説明を引き取った。

「先日、シラー・ペルヴィアナ飛翔士《ルーラー》が何者かに襲撃《しゅうげき》された」

抑揚《よくよう》のない口調で、ヴィクトリアはいきなり驚愕《きょうがく》の事実を告げた。ペルヴィアナは前回の準優勝者だ。帝国屈指《ていこくくっし》の飛翔士の一人。ただ、襲《おそ》われたなんて報道は聞いたことがない。

ヴィクトリアはぴくりとも表情を変えず、説明を続けた。

「公式には体調不良による欠場となっているが、事実は違《ちが》う。暴漢《ぼうかん》に襲われ、翼《つばさ》を刃物《はもの》のようなもので斬りつけられた。全治半年で、復帰は未定」

——ひでぇことしやがる。

飛翔士にとって翼は命だ。

「これはまだ公表されていないが、同様の事件はこの数ヶ月で他《ほか》にも起きている。警備態勢の強化により、ペルヴィアナ以外は未遂《みすい》に終わったが、予断は許さない」

ヴィクトリアは何かを読み上げるように淡々《たんたん》と告げた。俺は初めて知る事実に驚《おどろ》きを隠《かく》せない。グロリアは表情を変えずに視線を伏《ふ》せている。

「……ゴールドマリー。飛翔士を襲う動機はなんじゃと思う？」

マリアが話を振《ふ》ると、グロリアはわずかに顔を上げた。

「金銭でございます」

彼女が明瞭《めいりょう》に告げると、マリアは満足したようにうなずいた。

「そうじゃ。誰《だれ》に賭《か》けるつもりかは知らんが、着順予想に邪魔《じゃま》になりそうな飛翔士《ルーラー》を排除《はいじょ》する算段だろう。最終的には、レース当日での強行手段も辞さぬであろうな」

「強行手段……?」

俺が顔を上げると、「うむ」とマリアはこちらを見た。

そしてこう言った。

「二年前のギガンジュームのように、翼を撃ち抜いて」

その瞬間《しゅんかん》、俺は血がカッと沸《わ》くのを感じた。

——なんだと……!?

「ヴィクトリア、あれを」

俺の様子を見て取ったのか、マリアは護衛役に何かを取りに行かせた。一分もしないうちに戻《もど》って来る。

「これだ」

ヴィクトリアは俺たちに見えるように『それ』を提示した。白い布地が開かれ、その上には鈍《にぶ》く光る黒い物体。小指の爪《つめ》ほどの、金属の塊《かたまり》だ。

「まさか……」

俺が視線を向けると、マリアは「そうじゃ」とうなずいた。

「フリージア・ギガンジュームの翼《つばさ》を撃ち抜《ぬ》いた弾丸《だんがん》じゃ」


マリアの話はこうだった。

二年前の天覧飛翔会《グラン・ルーラ》で、フリージアはゴールまであと少しというところで『狙撃《そげき》』された。動機は『ギャンブル』の操作。フリージアが墜落《ついらく》すれば、飛翔会《ルーラ》の順位が変動し、二位のグロリアに賭けていた者が儲《もう》かる。地下賭博《とばく》では数十億ダールの大金が動いているので、それくらいの危険を冒《おか》しても飛翔士を墜落させたい者は山ほどいる。

「フリージア・ギガンジュームが墜落したことで、大金を手にした人間がいる」マリアは水色の髪《かみ》をくるくると指に絡《から》ませながら言った。「狙撃犯は捕《つか》まっておらんが、それらしき賭博の胴元《どうもと》はあらかたしょっぴいた。だが、この手の連中は雑草と同じでな、抜《ぬ》いても抜いても生えてきよる」

「墜落の一件を、公《おおやけ》に伏《ふ》せたのはなぜですか？」

俺は激した感情を抑《おさ》えるように、何とか口調を低くして尋《たず》ねた。

「そんなことを公にしたら参加飛翔士が減るじゃろう？　わらわの娯楽《ごらく》を狙撃犯ごときに邪魔《じゃま》されるのは勘弁《かんべん》ならん」

それは独裁者らしい身勝手な理由だった。

「そこで本題じゃ」

マリアは隣《となり》にいる護衛役に目配せをした。ヴィクトリアは静かにうなずき、声を張り上げた。

「オスカー・ウイングバレット、そしてグロリア・ゴールドマリーの両名に命ずる。いま話した一件を捜査《そうさ》し、被害《ひがい》を未然に防止せよ。これは勅命《ちょくめい》である！」

「は！」

俺とグロリアは同時に返事をした。ここで断れば死罪になるので、否《いや》も応《おう》もない。

「陛下、なぜ、私とゴールドマリーを？　帝国《ていこく》警察の捜査では足りないのですか？」

「無論、警察の連中には全力で事に当たらせる。しかし、飛翔会《ルーラ》については警察などしょせんは素人《しろうと》だ。——そこでウイングバレット、おぬしを呼んだ」

「どうして私なのですか……？　飛翔《ひしょう》レースに詳《くわ》しい者なら、帝室にも数多くいるでしょう」

「しらばっくれるでない。おぬしはこの一件、すでに首を突《つ》っ込んでいるであろう？」

「それは……」

——バレていたか。

確かに俺は、フリージアの翼《つばさ》に不審《ふしん》な点を見つけ、二年前の墜落《ついらく》のことをひそかに調べていた。調査は水面下で進めてきたつもりだが、どうやら帝室《ていしつ》の情報網《もう》に引っ掛《か》かっていたようだ。

「おぬしにとっては乗りかかった舟《ふね》じゃろう。……それになウイングバレット、おぬしほど飛翔会に精通している者も他《ほか》におらん。うってつけじゃ」

マリアは自信に満ちた口調で理由を述べた。

「ゴールドマリーのほうは、なぜですか？」

俺はもう一つ、気にかかっていたことを尋《たず》ねる。ちらりと隣《となり》にいる金髪《きんぱつ》少女を見ると、彼女は顔を伏《ふ》せたまま、じっと押し黙《だま》っている。ここまでほとんど口を開いていない。

「なに、ごくごく簡明な理由じゃ。レースの着順を操作しようと思ったら、一位になりそうな飛翔士《ルーラー》――ゴールドマリーを狙《ねら》うのは自明の理。ならばこやつにも捜査《そうさ》に協力させるのが合理的と思うてな」

「それなら、彼女に護衛をつければいいでしょう。十人でも二十人でも」

「そんな無粋《ぶすい》なことは好かん」

マリアは眉《まゆ》をひそめ、いかにも不愉快《ふゆかい》そうな顔をした。

「それに、レース中の飛翔士でなければ気づかないことも多かろう。警察以外におぬしらを呼んだのはそういうわけじゃ」

――なるほどな。

マリアの話は身勝手なものだったが、理には適《かな》っていた。犯人はどこかのタイミングで、必ずターゲットに接触《せっしょく》を図《はか》る。ならばターゲットとなる人物を捜査陣《じん》に引き込んでおくのが合理的というものだ。俺にはグロリアのサポートをやらせるつもりだろう。

「では陛下。……捜査の褒賞《ほうしょう》に、ひとつだけお願いしたいことがございます」

「ほう、条件をつける気か。申してみよ」

「フリージア・ギガンジュームの出場をお認めください」

「なに？」

マリアが驚《おどろ》いた顔をした。俺は畳《たた》みかけた。

「陛下もご存じのとおり、私はギガンジュームと契約《けいやく》した身。ぜひ、この願いをお聞き届けください」

「駄目《だめ》じゃ。義翼《ぎよく》などという贋物《にせもの》、わらわの飛翔会《ルーラ》にふさわしくなかろう」

マリアは俺の申し出を不快に思ったのか、唇《くちびる》をとがらせた。だが俺はそんなことでは引かない。

「陛下。義翼は贋物ではありません。翼《つばさ》なき者が空を取り戻《もど》す『本物の力』です。ぜひ、それを証明する機会を私にください」

「なぜ、そこまでギガンジュームにこだわる？　おぬしには赤の他人じゃろう」

「彼女は百年に一度の天才です。その才能を『義翼だから』などという理由で埋《う》もれさすにはあまりに惜《お》しいのです」

そのとき、グロリアが一瞬《いっしゅん》だけこちらを見た。わずかに驚《おどろ》いたような顔をしたあと、すぐに元の澄《す》まし顔《がお》に戻《もど》った。

「しかしのう……」

マリアは指先でくるくると髪《かみ》の毛をいじりながら、いかにも気乗りしない感じで眉《まゆ》をひそめる。俺はなおも言葉を継《つ》ぐ。

「陛下。翼のない者、持たざる者にもぜひ対等なチャンスをお与《あた》えください。いずれ、その中から有為《ゆうい》の人材が多く現れ、帝国《ていこく》の発展に貢献《こうけん》することでしょう。名君である陛下にはそれがお分かりになられるはずです」

「うーむ……。有為の人材、か……」

マリアの態度が少し変わった。彼女は美しいものや派手なもの、秀《ひい》でた才能には甘い。

あと一息だと思った。

しかし、そこで予想外の横槍《よこやり》が入った。

「陛下」

口を開いたのは、隣《となり》にいるグロリアだった。

「私は、ギガンジュームの出場に反対です」

○

――なに……？

俺は驚いて隣を見る。

グロリアはわずかに顔を上げ、冷たく言い切った。

「ギガンジュームのような翼《つばさ》の欠落した者は、陛下の天覧飛翔会《グラン・ルーラ》にふさわしくありません。加えて、捜査《そうさ》の足を引っ張るだけです」

「ふむ……」

マリアは顎《あご》に指を当てる。せっかく変わりかけた旗色がまた悪くなる。

「義翼《ぎよく》などしょせんは贋物《にせもの》。どうあがいても本物の翼に勝てるわけがありません」

グロリアは言葉に力を込めて告げた。

——妙《みよう》だな。

俺は怒《いか》りよりも、むしろ違和《いわ》感を覚えていた。グロリアが誰《だれ》かのことで感情を露《あらわ》にするのは珍《めずら》しい。他《ほか》に誰《だれ》が出ようが自分には関係ないし、気にも留めない——というのが彼女の本来の性格だ。

「ゴールドマリーはこのように申しておるぞ」

マリアが俺を見る。グロリアの気性を知る俺としては、ここで吐《は》くべきセリフは一つだった。

「彼女は負けるのが怖《こわ》いのでしょう」

すると、グロリアは驚《おどろ》いたように目を見開き、俺を見た。

「彼女の黄金の翼《つばさ》と、ギガンジュームの義翼。どちらが本物に値《あたい》する強さを持つか、飛翔会《ルーラ》の舞台《ぶたい》で競《きそ》わせてはいかがですか?」

俺が提案すると、マリアは「ほう」と瞳《ひとみ》を輝《かがや》かせた。この少女が根っからのレース好きであることを踏《ふ》まえた上で、俺は続ける。

「きっと今までにない面白《おもしろ》いレースが見られますよ、陛下」

このとき、グロリアが眼光で俺を射殺さんばかりに睨《にら》みつけてきた。

だが、議論はこれで終わりだった。

「よかろう。義翼の力、とくと見せてみよ」

○

——やれやれ……。

帝城《パレスール》の廊下《ろうか》を歩きながら、俺は軽く首を回した。肩《かた》がどっしりと凝《こ》っている。こういう回りくどいやりとりは、正直なところ性に合わない。

——まあ、結果オーライか。

ひらりと、指先で一枚の紙を開く。そこにはフリージアが飛翔会に出場できる旨《むね》が書かれており、皇帝の玉璽《ぎょくじ》が押印《おういん》されている。もうこれを覆《くつがえ》せる者はこの国にはいない。

目的は果たした。あとは——

「ウイングバレット」

ふいに、背後から声がかかった。

振《ふ》り向くと、呼び止めたのは金髪《きんぱつ》の少女。

「よう」

俺が気さくに返すと、グロリアは少しだけ居心地《いごこち》の悪そうに顔をしかめたが、すぐに表情を戻《もど》した。赤い絨毯《じゅうたん》を背景にして輝《かがや》く黄金の翼《つばさ》は、一枚の優《すぐ》れた絵画のように芸術的な存在感があり、その青い瞳《ひとみ》は鋭《するど》い眼光を放って俺を映している。

「おまえ、知ってたのか。今回のこと」

少女は少し間を置いたあと、「……はい」と答えた。

「去年の飛翔会《ルーラ》のときに、陛下から勅命《ちょくめい》を受けました。……結局、去年は何も起きませんでしたが」

「なるほどな……」

少女に驚《おどろ》いた様子がまったく見られなかったことに、俺はようやく合点《がてん》がいった。予《あらかじ》め知っていたのだ。

「お訊《き》きしたいことがあります」

「なんだ」

「ギガンジュームの件です。なぜ、そこまで彼女に肩入《かたい》れをするのですか？」

それは感情的に問いただすというよりも、純粋《じゅんすい》に理解できないという口調だった。

「昔から言ってるだろ。俺は自分のやりたいようにやる。おまえと同じさ」

「同じではありません」

少女は抑揚《よくよう》の小さい声で反論した。

「ギガンジュームなど、ただの足手まといです。違《ちが》いますか？」

「違うね」

「理解できません」

「理解しようとしないからさ」

――ったく……変わってねぇな。

誰《だれ》かを理解するとか、立場を想像してみるとか、あらゆる意味でそうした歩み寄りを一切《いっさい》見せないのが、昔からグロリアという少女の性格だった。貴族と平民、富者と貧者、強者と弱者――染《し》みついた貴族の二分法は、幼いころから少女の深い部分に刷《す》り込まれ、容易には他者への歩み寄りを許さない。

「要するにだな」

俺はおどけたように肩をすくめてみせた。

「そこに才能があれば、それを伸《の》ばしたくなる。翼《つばさ》があっても、翼がなくても、その点に変わりはない」

「ギガンジュームに才能などありません」

「あるさ」

「ありません」

「何をそんなに熱くなっている？　おまえらしくもない」

「先ほども申し上げたように、理解できないからです」

グロリアはやや語調を強めた。

「繰《く》り返しますが、今回の勅命《ちょくめい》を遂行《すいこう》する上で、ギガンジュームは明らかに足手まといです。それに——」

少女は俺に挑《いど》むように告げた。

「今さら、芋虫《いもむし》に羽を付けて何になるというのですか？」

「芋虫……？」

突然《とつぜん》出てきた単語に俺は眉《まゆ》をひそめる。

「蝶《ちょう》は空を飛び、芋虫は地べたを這《は》う。それが世の理《ことわり》でしょう？　あなたのしていることは、芋虫に羽を付けることです。それに何の意味があるのですか？」

「あのなあ」

俺は頭を掻《か》く。今の発言がグロリアじゃなかったら、思い切り引っぱたいてやるところだ。

「前にも話したろ。蝶とか芋虫とか、んなこたあ他人がとやかく言うことじゃあない。飛びたいヤツは飛べばいいし、で、速かったヤツの勝ち。それが飛翔会《ルーラ》だ。シンプルだろ？」

「その結果、芋虫が羽を散らし、墜落《ついらく》することになってもですか？」

「……おまえ、フリージアのことを心配してるのか？」

「違《ちが》います。私は、勅命を遂行する上で不合理な要素を排除《はいじょ》したいだけです」

「不合理な要素、ね……」

　俺は一息置いてから答える。

「あいつはな。すげえんだよ。こう、不屈《ふくつ》の精神っていうかな……。そりゃあ狙撃《そげき》の件は心配だし、普通《ふつう》なら全力で出場を辞退させる。……でもな、俺が『やめろ』と言ってもあいつは絶対にやめないだろうな」

「愚《おろ》かですね」

「いいや。心が並外れて強靭《きょうじん》で、意志が岩のように固いのさ。……だから俺にできることは、彼女が目的を遂《と》げられるように陰《かげ》から支えることだけだ」

「…………」

　少女はまっすぐ俺を見つめたあと、「……理解できません」と同じ答えを繰《く》り返した。

　──やれやれ。

　六年前と変わらない少女の性格に、俺はあきれつつ答える。

「まったく、おまえは昔からかわいげがない。そんなことじゃ嫁《よめ》の貰《もら》い手《て》がないぞ」

　するとこのクソ真面目《まじめ》な少女は、俺をじっと見つめたあと、心外そうに答えた。

「私は、誰《だれ》かと結婚《けっこん》する予定はありません」

Freesia

手当てを受けて、しばらく別室に留め置かれたあと、私は外へ放《ほう》り出された。

生きているのが不思議だった。陛下相手にあれだけ無礼を働き、顔面を斬《き》られてその場で昏《こん》倒《とう》した。しかし終わってみれば傷は浅く、丁寧《ていねい》な応急処置まで受けた。何より理解できなかったのは、あのセリフだ。

——来たか、ウイングバレット。

気絶する間際《まぎわ》、確かに私はそう聞いた。間違《まちが》いなく陛下の声だった。

——でも。

オスカーがあの場にいる理由が、私にはまったく思い当たらなかった。だとしたら、あの言葉の意味は？　なぜ彼が帝城《パレスール》に？

解けない疑問を抱《かか》えながら、帝城の門前をとぼとぼと歩く。夕焼けが私の影《かげ》を長く伸《の》ばす。疲労《ひろう》していた。かろうじて生きて帰ったものの、結局何ひとつ目的を果たすことができなかった。飛翔会《ルーラ》にも出られず、行く宛《あ》ても、帰る家もない。ありもしない希望にすがりついて、同じ場所をぐるぐると回っていたような徒労《とろう》感に、しばらく私は打ちひしがれた。

よろよろと、道端《みちばた》の縁石《えんせき》に座り込む。力が出ない。胃がキュッと縮み、情けない音が鳴った。とにかく、少しでいい、飲み水を探さないといけない。あとは今夜の寝床《ねどこ》も。

そのときだった。

バサリ、と羽音がした。

――あ……。

空には黄金の翼《つばさ》が広がっていた。その翼はゆっくりと私の前に降下し、そして空中で停《と》まった。

「グロリア……」

翼を広げた停翔《ていしょう》姿勢のまま、グロリア・ゴールドマリーが私を見下ろしていた。地面に足をつけないのは前に会ったときと同じだった。

――どうして、彼女がここに？

青い瞳《ひとみ》が、磨《みが》かれた鏡のように私を映し出す。緩《ゆる》やかな羽ばたきを続けながら、彼女はしばらくの間、無言でこちらを見つめていた。

「……グロリア？」

喉《のど》の奥から、私はやっと声を出す。今は彼女と口論する気力すらなかった。

「ギガンジューム」彼女はおもむろに口を開いた。「なぜ、そうまでして飛翔会に出るの？」

それは意外な質問だった。彼女が私のことに興味を示すのは珍《めずら》しい。

なんと答えてよいか分からずに黙《だま》っていると、グロリアは質問を続けた。

「十六位までに入れば、賞金が出る。……そういうことかしら？」

「え？　……賞金？」

「貧乏人《びんぼうにん》の考えは分かりませんけれど」

そう言うと、彼女は手を小さく振《ふ》った。

キンッ、と金属音がして、私の前に一枚の硬貨《こうか》が落ちた。それは貴族や富豪《ふごう》しか持たない、ウィンダール記念金貨。一枚で庶民《しょみん》の月収の何倍にもなる高額貨幣《かへい》だ。

「……？」

なぜ、目の前に金貨を落とされたのかが理解できず、私はグロリアを見上げる。

「足りなかったかしら？」

キンッ、とまた金貨が落ちた。それは最初の金貨にぶつかり、わずかに転がってからパタリと倒《たお》れる。

「グロリア、これは……？」

「それを拾ったら、二度と私の前に現れないように」

「…………」

「もちろん飛翔会《ルーラ》にも姿を見せないように。それがあなたのためよ」

——な……ん、ですって。

私は耳を疑う。今、自分がされていることの意味を理解し、手が震《ふる》え、そして心の奥が震えた。空腹で力の入らなかった体に一つの感情が湧《わ》き上がる。

震えを止めるように拳《こぶし》を握《にぎ》り締《し》めると、私は言った。

「消えて」

「なに?」

「これを拾って、今すぐ私の前から消えて」

「……そう、足りないのね」

私の発言を無視したのか、それともまったく理解できていないのか、彼女は三枚目の金貨を放《ほう》った。

まるで馬鹿《ばか》にしきったように、金貨は私の額にコツンとぶつかると、足元に落ちた。

「何枚ほしいの?」

「グロリア」

「ねえ、何枚——」

「グロリア……ッ!」

私は三枚の金貨をわしづかみにして拾い上げると、彼女を目《め》がけて放り投げた。金貨はグロリアの顔面に飛んでいったが、彼女が翼《つばさ》を一度強く動かすと、風圧だけで撥《は》ね返された。吹《ふ》き飛んだ金貨が私の頭上に雨のように降る。

「たとえ、この国が買えるほどの大金であろうと……っ！」自分でも驚《おどろ》くほど大きな声で、私は怒《いか》りをぶちまけた。「私という人間の誇《ほこ》りは、決して買うことができないのよ！」

そこまで叫《さけ》ぶと、私は息が切れて何度かむせた。

グロリアのことは昔から好きではなかった。でも、何度も飛翔会《ルーラ》で競《きそ》い合い、互《たが》いの実力だけは——飛翔士《ルーラー》としての存在だけは認め合ってきた。そんな気がしていた。

だからショックだった。失望を通り越《こ》して、憎しみさえ振《ふ》り切れて、髪《かみ》が毛先まですべて燃え上がるような怒りだけが噴出《ふんしゅつ》した。

負けたくない、と思った。

勝ちたい、ではなく、負けたくない。負けるわけにはいかない。私の誇りは、吹《ふ》けば飛ぶようなちっぽけなものだけど、それでもこのうすっぺらい硬貨《こうか》で買えるほど安くはない。

グロリアは私の怒声《どせい》に何度か目を瞬《またた》かせると、奇妙《きみょう》なものを見たように眉《まゆ》をひそめた。

そして言った。

「ひとつ、訊《き》いてもいいかしら？」

私は返事の代わりに、彼女を睨《にら》んでみせた。すると彼女は心の底から知りたいというように、こう尋《たず》ねた。

「——さっきから、いったい何をそんなに怒《おこ》っているの？」

また、金貨が一枚、降った。

○

夕陽《ゆうひ》を背にして歩きながら、私は唇《くちびる》を噛《か》む。

腹が立っていた。煮《に》えくり返るほどの強い怒りが私を満たしていた。傷つけられたプライドは、顔に負った傷とともにズキズキと痛んだ。

だが、それは自分に対する怒りでもあった。グロリアには、その傲慢《ごうまん》なほどのプライドに見合うだけの力がある。でも私にはない。プライドだけが一丁前《いっちょうまえ》で、自力では空を飛ぶこともできないし、飛翔会《ルーラ》の出場資格もない。それが悔《くや》しくて、腹立たしくて、無力な自分をひたすらに呪《のろ》った。

コツコツという杖《つえ》の音だけが雑踏《ざっとう》に響《ひび》く。その音は地面を罰《ばつ》するように断続的に響く。長い長い影法師《かげぼうし》が路地の先に伸《の》びていく。その影を、何気なく目で追っていったとき——

——え？

私は驚《おどろ》いた。

「ブッフォン……⁉」

急いで杖《つえ》を突《つ》き、道端《みちばた》にたたずむ白馬に近づく。ブッフォンは別れたときと寸分も違《たが》わぬ位置で立っていた。つぶらな瞳《ひとみ》に私を映すと「ブッフォアッ！」と嬉《うれ》しそうな声で迎《むか》えた。

「おまえ……」胸がいっぱいだった。「待っていて、くれたの……？」

「ブーフッ」

「ありが、とう……」

ブッフォンの首を抱《だ》き締《し》める。白馬はペロペロと私の頰《ほお》を舐《な》めた。出会ったころはあんなに仲が悪かったのに、こうしてそばに寄り添《そ》ってくれる白馬が愛《いと》しくて、いじらしくて、涙《なみだ》が出そうだった。腹の底に渦巻《うずま》いていた怒《いか》りが、白馬のぬくもりで少しずつ融《と》けていく。

そのときだった。

ブッフォンが、急に「ブッフォア――ッ！」と大声で鳴いた。

「ど、どうしたの？」

私はびっくりして振《ふ》り向く。

そこには。

――あ……。

夕陽《ゆうひ》を正面から浴びて、その人は姿を見せた。

ギッ、ギッ、と懐《なつ》かしい金属音。夕陽を押し返すような大きな体。顔に出来た三日月のような傷痕《きずあと》。別れを告げたのはほんの数日前なのに、ずっと昔のことのように懐かしく、胸が締めつけられる。

「ガレット……」

Garet

俺が姿を見せると、ブッフォンが激しくいなないた。

少女はまず、白馬の興奮ぶりに驚《おどろ》き、そして振り返って俺を見るともっと驚いた。

「どう、して……」

少女は呆然《ぼうぜん》とこちらを見つめる。大きな赤い瞳《ひとみ》の中で、俺の姿が揺《ゆ》れる。

「怪我《けが》、大丈夫《だいじょうぶ》か？」

そっと、顔に巻かれた包帯に触《ふ》れると、少女は恐《おそ》れたようにビクリと身を震《ふる》わせた。

「……これ」

俺は一枚の紙を少女に差し出した。

「なに？」

少女はその紙を受け取る。そこにはこう記されていた。

第一一六回天覧飛翔会《グラン・ルーラ》における、フリージア・ギガンジューム飛翔士《ルーラー》の出場、および義翼《ぎよく》の装着を許可する。

皇帝《こうてい》マリア・ウィンダール

「皇帝、マリア、ウィン、ダール……」

フリージアは言葉を区切りながら、たどたどしい口調《くちょう》で文面を読み上げた。その末尾《まつび》にある署名と、皇帝しか押すことのできない玉璽《ぎょくじ》まで確かめると、言葉を失ったように口をパクパクさせた。

それから少女は文面を何度も読み返し、俺と紙に交互《こうご》に視線を走らせた。まったく訳が分からない、理解不能といった表情だ。

——無理もない。

「ど、どういうこと……？」

「オスカー・ウイングバレットに頼《たの》んだのさ」

その名前を聞いた途端《とたん》、少女は目を見開いた。

「……オスカー、に？」

「ああ。実はな……」

俺は事の顛末《てんまつ》を説明した。出場許可も、釈放《しゃくほう》も、すべてはオスカーが取り計らってくれたことだ、と。もちろん俺がオスカーであるという点は伏《ふ》せた。

フリージアは話を聞きながら、何度も目を瞬《また》かせ、肩《かた》を震《ふる》わせた。赤い瞳《ひとみ》に大粒《おおつぶ》の涙《なみだ》が浮かび、白い喉《のど》が困ったように何度も上下する。

「オスカーが……」

皇帝の証文《しょうもん》を胸にギュッと押しつけると、フリージアは息をするのも忘れたようにその場に立ち尽《つ》くした。あまりの感激で動けないようだった。

「やっぱり彼は、最高の紳士《しんし》ね」

チクリと、胸が痛んだ。

――ずっと隠《かく》し続けるわけにも……いかないよね？

いつかのクローバーの言葉がよぎった。

そのときだ。

フリージアがわずかに身じろぎした拍子《ひょうし》に、キンッ、と金属音がした。

「あ……」

少女は小さく声を上げる。

地面を見ると、一枚の硬貨《こうか》らしきものがくるりと回転したあとに、パタリと倒《たお》れた。夕陽《ゆうひ》を浴びて金色に光るそれは、今しがた少女のスカートの裾《すそ》からこぼれ落ちたもののように見えた。

「……なんだ、これ？」俺は足元に落ちていた、一枚の硬貨《こうか》を拾う。「うわ、すげえな。ウィンダール記念金貨じゃねえか」

そう言うと、少女がぴくりと反応した。俺をじっと見つめる。

「どうした？」

「あ、あのね」

少女はためらいがちに切り出した。

「その……えっと……」

少女の瞳《ひとみ》は俺の拾った金貨に注がれている。

「これ、おまえのか？」

「違《ちが》うわ。それはグ――」

そこで少女はハッとした様子で目を見開き、唇《くちびる》を噛《か》んだ。

――なんだ？

それは何か言いたいことがあるのに、言い出せない表情だった。目を伏《ふ》せたまま、ちらりと俺を見て、また視線をそらす。

「なあ、これ――」

「落ちてたの」

「落ちてた？」

「そう。その金貨、そこの道端《みちばた》に落ちてたの」

フリージアは近くの路地を指差し、低い声で言った。

——変だな？

俺は不審《ふしん》に思ったが、このときはそれ以上訊《き》けなかった。少女の思いつめた表情が、無言で俺の追及《ついきゅう》を拒《こば》んでいたからだ。

しばらく沈黙《ちんもく》が続く。

キュウン、と少女の胃が切ない声で鳴くと、俺はやっと緊張《きんちょう》が解けたように言葉を発した。

「……そろそろ、帰るか」

俺はブッフォンにまたがる。

すると「……ガレット」と少女の声が聞こえた。

「ん……？」

馬上から少女を見下ろす。少女は潤《うる》んだ瞳で言った。

「迎《むか》えに来て……くれたの？」

少女は珍《めずら》しくしおらしい声で訊いた。

「ああ」俺は笑顔で答える。「ブッフォンをな」

「……そう」

俺の冗談《じょうだん》に、フリージアは怒るでもなく、ただ一言、「ありがとう」と小さな声で答えた。

「いや、なに……」

いつもと違《ちが》う少女の様子に、俺はうまく言葉を返せない。

「あのさ」

「ん？」

「これ」

少女は俺の手から金貨を取り上げると、空に向かって躊躇《ちゅうちょ》なく放《ほう》り投げた。金色のコインは高く高く空に舞《ま》い上がる。「あ、もったいねぇ」と俺はつぶやく。

「いいのよ」

少女は舞い上がる金貨を見つめながら、決意を込めるように強い声で告げた。


私、絶対に勝つから。

【某日《ぼうじつ》】

天空を突《つ》き刺《さ》す銀色の塔《とう》。

その階段を、男はゆっくりと登っていた。翼《つばさ》を使って飛翔《ひしょう》すれば手っ取り早いところだが、『下見』のときには必ず自分の足を使って確かめるのが男の習慣だった。そうすれば思わぬ見落としを防げるし、本番の際に足元をすくわれることもなくなる。

最上階まで登りきると、業者たちが怒号《どごう》を飛ばしながら工事を続けていた。豪華《ごうか》な装飾《そうしょく》が施《ほどこ》された内装は模様替《もようが》えの真っ最中で、完成まではまだもう少しかかりそうだった。

——無駄《むだ》な金だな。

男は完成間近の室内を見回しながら、表情を変えずに思った。

塔の上にはひっきりなしに冷たい風が吹《ふ》きつける。男は寒風をしのぐように身を縮めながら、眼下を見渡《わた》す。最上階からは青く美しい海が水平線の彼方《かなた》までくっきりと見え、スタートもゴールも間近に見られる特等席。ここが男の仕事場だった。

黄金の玉座を横目に見ながら、ふと、彼は自分が統治者になったような錯覚《さっかく》に陥《おちい》った。誰《だれ》にも屈《くっ》することのない皇帝《こうてい》とは、さぞかし気分がいいだろうなと思った。

——さて、やるか。

彼は手にした『旗』を掲《かか》げて、軽く振《ふ》ってみせる。傍《はた》から見れば、仕事熱心な『祝賀旗手《エール・フラール》』が事前の練習をしているようにしか見えない。彼はこの場にいて自然な人物の一人で、だからこそ『仕事』にはうってつけだった。

旗の竿《さお》を空に掲げて、遠くの雲を睨《にら》む。日光の入射角や、照明の位置を確認《かくにん》して、万が一にも視界が遮《さえぎ》られないように念入りに下見を続ける。

——よし、問題ないだろう。

男は下見を終えると、こう思った。

二年前と同じだな、と。

【第五章】

見てしまった日×見られてしまった日

Freesia

帝国暦《ていこくれき》八三五年七月七日、第一一六回『天覧飛翔会《グラン・ルーラ》』初日。

快晴だった。ブッフォンを駆《か》って会場が見えてきたころには、周辺の空は雲上馬車《ペーガ・ホイル》でごった返しており、地上では長蛇《ちょうだ》の列が幾筋《いくすじ》も伸《の》びていた。

あれから三ヶ月が経過した。私はこの間、ガレットから徹底《てってい》的にしごかれた。飛翔会《ルーラ》のコースも念入りに下見をしたし、体力作りにも余念がなかった。すべては今日、勝つためだ。

「ほら、脱《ぬ》ぐから出てって」

「分かってるよ」

控《ひか》え室《しつ》に入ると私はガレットを追い出して、上着とスカートを脱いで下着姿になった。

瓶《びん》を手に取り、中のオイルを多めに手のひらに垂《た》らす。これは『空油《ラール》』という、飛翔士《ルーラー》の肌《はだ》を保護するための植物性のオイルだ。全身にくまなく塗《ぬ》ることで飛翔《ひしょう》中の体温低下を防ぐ効果がある。

「背中はお願いね」

「うん！」

手の届かない部分はクローバーに塗ってもらった。少年の小さな手でペタペタと油を塗られると、私はくすぐったくて身をよじった。

「フリ姉ちゃん、お肌スベスベだね」

「そう？　ありがと」

「足にも塗ってあげる」

少年の手が太ももから足首へと半透明《はんとうめい》の液体を塗り下ろしていく。とってもこそばゆい。

飛翔中は摩擦《まさつ》で皮が剝《む》けやすいので、乳房《ちぶさ》には念入りに油を塗る。胸が大きいと塗る面積が広くて面倒《めんどう》だが、これをやらないと飛翔したあとに乳房が真っ赤になってしまう。

「服、出してくれる？」

私が頼《たの》むと、クローバーは「えーと……あ、これだね！」と荷物から赤い衣服を取り出した。

これは『飛翔服《ルーラ・オール》』という飛翔競技用のコスチュームで、長時間飛んでも疲《つか》れにくいように設計されている。見た目はぴっちりと布地の絞《しぼ》られたワンピースといった感じだ。

――こんなところかな。

私は飛翔服を着ると、鏡に映して着こなしを確かめた。鮮烈《せんれつ》な赤色を基調とした飛翔服は、機能性と華《はな》やかさを併《あわ》せ持ち、黒い長手袋《ながてぶくろ》とニーソックスは全体に引き締《し》まった印象を与《あた》える。

昔から私のお気に入りのファッションだ。

「すごい似合ってるね！」

クローバーが手放しで褒《ほ》める。

「ふふ、ありがと」

私は役者のようにポーズを取ってみせる。

「ガレ兄ちゃん、着替《きが》え終わったよ！」

少年の声を受けて、ガレットが「やれやれ、女の着替えはなげーなあ……」とブツブツ言いながら入ってくる。

「お……」

私を見た途端《とたん》、彼は目を丸くした。

「なかなか似合っているじゃないか」

「そ、そう……？」

「ちょっと胸が開きすぎだけどな」

「え？」

思わず胸元《むなもと》を見下ろす。飛翔服《ルーラ・オール》は、空気抵抗《ていこう》を減らすために無駄《むだ》な布地をかなりカットしており、体のラインがはっきりと出るのが難点だった。胸元は『翼胸筋《よくきょうきん》』の動きを妨《さまた》げないように大きく開かれており、全体として胸のふくらみと腰《こし》の細さを強調するデザイン。機能的だが、肉感的でもある。

「あんまりじろじろ見ないでよ」

露出《ろしゅつ》した白い胸の谷間を、私は両手で隠《かく》す。考えてみれば、あまり男性から間近で見られたことはない。

「じっとしてろよ……」

私の右翼《うよく》に、ガレットがゆっくりと『雪の翼《つばさ》』を嵌《は》める。もちろんこれは『本翼《ほんよく》』で、その美しさは仮翼《かよく》の比ではなかった。雪の結晶《けっしょう》をそのまま固めたような白銀の翼は、芸術作品の美しさと、雪細工の儚《はかな》さを兼《か》ね備えている。

「きれいね……」

何度見ても、本翼にはうっとりと見とれてしまう。雪の翼が、まるでそれ自体が光源であるかのようにまばゆい白銀の光を放っている。軽く動かすと、本物の翼のように柔《やわ》らかな流線を描《えが》く。

仕上げに『空翼計《ルーダー》』と呼ばれる赤いリボンを翼の両端《りょうはし》に結ぶと、私の着替えは完了《かんりょう》した。

――よし！

鏡に映った自分と目を合わせて、私は静かにうなずく。現役時代と同じデザインの飛翔服を着ると、レースに向けてなおさら戦意が湧《わ》くのを感じた。

「頑張《がんば》ってね、フリ姉ちゃん」

クローバーが私の手をギュッと握《にぎ》る。少年が同行できるのはこの控《ひか》え室《しつ》までだった。

「ゴールで待っててね。一番で行くから」

私は少年のおでこに優《やさ》しく口づけをした。

Garet

飛翔《ひしょう》競技の歴史は長い。

元々は、『翼自慢《つばさじまん》』の荒《あら》くれ者が、その日の獲物《えもの》を賭《か》けた原始的な競技が起源とされる。こうした競技は地域ごとに散発的に催《もよお》されていたが、今からおよそ百二十年前、『飛翔帝《てい》』の異名を取る皇帝グランヴァーレ・ウィンダールが『天覧飛翔会《グラン・ルーラ》』を立ち上げたことを契機《けいき》に、飛翔競技は急速な発展を見せる。

『飛翔技術の向上および臣民《しんみん》の健康増進』

建前《たてまえ》は他《ほか》のスポーツとさほど変わらない天覧飛翔会だが、なにぶん皇帝自らが取り仕切る国家事業である。それは長い歴史を経て、様々な副産物《ふくさんぶつ》をこの国にもたらした。例えば、空気抵《てい》抗《こう》の少ない飛翔服《ルーラ・オール》の開発、着地の際に衝撃《しょうげき》を吸収するブーツの発明、帝国全土の気流と高低差を網羅《もうら》した飛翔地図の作成——飛翔会にまつわる技術革新《かくしん》は枚挙《まいきょ》に暇《いとま》がなく、帝国の産業と技術の歴史は飛翔会を抜《ぬ》きにしては語れない。

——いつ来ても、ホントに高いな……。

俺は飛翔会の歴史に思いを馳《は》せながら、崖《がけ》から海面を見下ろす。

ウィンダール西海岸に位置する『天に切り立つ崖』は、第一回から変わることのない天覧飛翔会の名物スタート会場だった。その名のとおり、天空を突《つ》き刺《さ》すように崖が切り立っており、崖下には年中ひっきりなしに怒涛《どとう》が押し寄せる。

崖の上には、同じようにスタートを待つ飛翔士《ルーラー》たちが五百名ほど整列している。そのほとんどが十代の少女で、誰《だれ》もが色とりどりの華《はな》やかな飛翔服に身を包んでいた。その周りを多くのスタッフが取り囲み、スタート前の最終確認《かくにん》をしている。

天覧飛翔会では、その長丁場《ながちょうば》ゆえに最大二十名までスタッフを伴翔《ばんしょう》させることができる。優勝候補に限らず、どの飛翔士も上限いっぱいまで人員を用意してくるのが普通《ふつう》だ。それに対し、フリージアのスタッフは俺だけ、同伴する四翼馬《ベーガ》もブッフォン一頭のみだ。

「ほら。あれよ、あれ」

「ああ、義翼《ぎよく》の……」

フリージアが姿を現すと、周囲の飛翔士からちらちらと視線が向けられた。好奇《こうき》の眼差《まなざ》しもあれば、不審《ふしん》な目で見る者もいる。

かつてのトップ飛翔士が義翼で復帰するという話は、少なからず世間の話題になっていた。『奇跡《きせき》の復活！』ともてはやす向きもなくはなかったが、全体としては冷ややかな受け止めだった。

そうやって、俺が会場の様子を確認《かくにん》していると、あたりの空気が急にざわついた。

——来たな。

一陣《いちじん》の風が巻き起こり、天空から舞《ま》い降りてきたのは金髪《きんぱつ》の少女――グロリア・ゴールドマリーだった。

少女は立ちはだかるように、フリージアの目の前にバサリと着地した。ドレスのような煌《きら》びやかな水色の飛翔服《ルーラ・オール》の上に、長い金髪がさらりと掛《か》かる。天を刺《さ》す黄金の翼《つばさ》は、この場にいる誰《だれ》もが自分の敵ではない、というように自信に満ち溢《あふ》れている。

グロリアは俺のほうを一瞥《いちべつ》すると、わずかに会釈《えしゃく》をして、そのままスタートラインに歩いて行った。

「……ガレット」

視線を伏《ふ》せたまま、フリージアが口を開いた。

「なんだ」

「こんなときに、変なことを訊《き》くようだけど……」

少女はためらいがちに言葉を発した。最近はこんなふうに、いやに奥歯に物が挟《はさ》まったような言い方をする。

「どうした」

「あ、あのね、あなたたちって――」

そのときだ。

「スタート十五分前です！　飛翔士《ルーラー》以外の方は退場してください！」

少女の質問を遮《さえぎ》るように、係員の大声が響《ひび》いた。

「もう時間だな。……えっと、何の用だったか？」

するとフリージアは、話す気がそがれたのか、「ううん、なんでもないの」と首を振《ふ》った。

「大したことじゃないから」

「そうか。……じゃあ、次の空点《ルーン》で待ってるぜ」

「……うん」

「おいおい、なんだそのしょぼくれたツラは？　これから待ちに待った飛翔会《ルーラ》だぞ？」

俺は気合いを入れるように少女の肩《かた》を叩《たた》いた。

それも、あえて強めにバシバシやると、

「……ッタ！　イタタ！　痛いわよバカッ！　気安く触《さわ》らないで！」

少女は強気な眼差《まなざ》しで俺を睨《にら》み、鋭《するど》く手を振り払《はら》った。いつものフリージアだ。

「よーし、その意気だ」

俺は少女の頭を軽く撫《な》でてやる。「もう、気安く触らないでって言ってるでしょ！」と少女は俺の手をまた振り払った。

「じゃあな」

手を振って、俺は現場を去って行く。「さっさと行ってよ、もう」とあきれたような声が背中にかかる。

去り際《ぎわ》、フリージアの顔をちらりと見る。

少女は思いつめたように唇《くちびる》を噛《か》み、じっとグロリアのほうを見つめていた。

Freesia

ガレットが去ると、あとは号砲《ごうほう》を待つばかりとなった。

ただ、私の心は今起きた出来事に整理をつけるのに追われていた。

――グロリアが……会釈《えしゃく》？

さっき、たしかにグロリアは、ガレットに向けて会釈をした。ほんのわずかに顎《あご》を引いただけだったが、それでもたしかに彼に向けて『礼』をしたのだ。あの、皇帝《こうてい》以外に頭を下げることを知らない少女が。

――なぜ？　どうして？

頭の中が混乱する。

この三ヶ月、努めて二人の関係は考えないようにしてきた。空中市場《ルー・マルシェ》に行ったあの日、グロリアとガレットが会っていたことも、飛翔士《ルーラー》時代の知り合いか何かだろう、と自分で自分を納《なっ》得《とく》させてきた。それに、二人が親しかったからといって私には何の関係もない。そう思ってきた。

――でも。

関係ない、忘れよう、と考えるほどに、私の胸中はざわついた。なぜかは自分でもよく分からない。私に金貨を投げつけて侮辱《ぶじょく》したグロリアと、私をずっと支えてきてくれたガレット。その二人が肩《かた》を並べて歩いていることが、どうしてもうまく心の中に収められない。敵と味方、そんな単純な構図で分けていたはずが、気づけば自分だけが対岸の二人を眺《なが》めていた――そんな気分だった。

――どうして、いっしょにいたの？

一言、そう訊《き》けばいい。それだけでこのウジウジとした私らしくもない疑問は氷解するはずだった。でも、今まで何度も訊こうとして結局訊くことはできなかった。さっきだってそうだ。肝心《かんじん》なときに私は口ごもってしまう。

ガレットが隠《かく》しているのではない。私が答えを恐《おそ》れているのだ。では、何を？　フリージア、あなたは何を恐れているの？　彼の口からどんな答えが返ってくるのを恐れているの？

知人、友人、かつての同僚《どうりょう》、あるいは親類縁者《えんじゃ》。あるいは、あるいは――。

「スタート五分前です！　飛翔士の方は所定の位置についてください！」

怒鳴《どな》るような係員の声に、私はハッとして顔を上げる。

――いけない。

「やっ！」

頬《ほお》をバシッと叩《たた》いて自分に気合いを入れる。

――フリージア、あなたは何をしにここに来たの……？

改めて、自分に問いかける。

――優勝して、家を再興して、妹といっしょに暮らす。

嚙《か》み締《し》めるように、胸中で目標を繰《く》り返す。ゴールの向こうで妹が待っている。今はただ、それだけを考えて無心に飛べばいい。

「スタート三十秒前！」

足元を確認《かくにん》し、飛翔《ひしょう》体勢に入る。『雪の翼《つばさ》』をつけた右翼《うよく》と、もう片方の左翼を連続で動かし、大気を強く攪拌《かくはん》する。

――今度こそ。

私は前を睨《にら》む。そこには大きく広がる黄金の翼。胸に湧《わ》き上がる闘志《とうし》を吐《は》き出すように、私は一声、気合いを入れる。

「――三！」

カウントが始まる。観客たちが声をそろえて叫《さけ》ぶ。

「――二！」

体を前傾《ぜんけい》させ、左足に力を込める。翼の回転が上がる。

「――一！」

歓声《かんせい》が鼓膜《こまく》を震《ふる》わせる。会場のボルテージも最高潮だ。

そして――

「飛翔《ルーレ》！」

号砲《ごうほう》が耳をつんざくと同時に、すべてを振《ふ》り払《はら》うように翼を広げ、私は大歓声の中へと飛び込んでいった。

Garet

号砲と同時に、崖《がけ》からは一斉《いっせい》に飛翔士《ルーラー》たちが飛び立った。

五百人を超《こ》える凄腕《すごうで》の飛翔士――そのほとんどが年頃《としごろ》の少女で、美しい翼と、色とりどりの飛翔服《ルーラ・オール》が青空を豪華《ごうか》絢爛《けんらん》に染める。まるで満開の花火がいっぺんに咲き乱れたような光景に、観客席は興奮のるつぼと化した。

――まずは順調だな。

集団の真ん中あたりには、窮屈《きゅうくつ》そうに飛ぶ赤髪《あかがみ》の少女。周囲を確認しながら少しずつ前へ出て行くのが分かる。スタート時に接触《せっしょく》していきなりリタイアする飛翔士も珍《めずら》しくはないが、どうやらその心配はなさそうだった。

――さて、問題は。

俺はブッフォンの手綱《たづな》を握《にぎ》りながら、会場をざっと見回す。眼下を埋《う》め尽《つ》くす大観衆の誰《だれ》もが、号砲《ごうほう》とともに咲いた百花《ひやっか》繚乱《りょうらん》たる飛翔士《ルーラー》たちを熱狂《ねっきょう》的に見つめている。俺は視線を滑《すべ》らせるようにして、その中から不審《ふしん》な動きをする者を探す。こういう観察は不思議なもので、どんなに人数が多くても、一人だけ違《ちが》う方向を見ていたり、挙動が不審だったりすると途端《とたん》に目につく。今は俺以外にも会場警備員が数百名規模で目を光らせているのでなおさらだ。

――展望台に一人。あとは……砂浜の連中も。

すばやく視線を走らせ、怪《あや》しい動きをした客をチェックする。そして近くにいた兵士におもむろに近づく。

「ちょっといいか」

「なんだ、貴様は――ウッ！」

最初は睨《にら》みつけた兵士も、俺が服の裏地をわずかに見せただけで顔色が変わった。そこには皇帝《こうてい》直属の部下しか許されない『王者の銀鷲《ヴォーグル》』の最高階級章が縫《ぬ》い付けられている。レースの間だけ、俺が皇帝から借り受けたものだ。

「は！　なんでしょう！」

途端に直立不動になった兵士は、目を白黒させながら敬礼した。

「陛下の命令で極秘裏《ごくひり》に動いている者だ。……展望台にいる青い服の男、そう、あれだ。あいつに職務質問をかけろ。従わないときは拘束《こうそく》してかまわん。報告は帝室親衛隊に」

「は！」

兵士は慌《あわ》てて現場へと急行した。

「隣《となり》のヤツ、話を聞いてたろ。おまえは砂浜のほうにいるあの二人組。よろしくな」

「は！　ただちに！」

こんな感じで、俺は怪しいヤツを片《かた》っ端《ぱし》から網《あみ》にかけた。皇帝の権威《けんい》を笠《かさ》にいささか横暴な捜査《そうさ》方法だが、手加減はしていられない。

犯人逮捕《たいほ》には大きく二つの方法がある。一つは証拠《しょうこ》を精査して容疑者を絞《しぼ》っていく方法だ。いわば漁《りょう》でいう一本釣《いっぽんづ》り。だが、俺が取ったのはその反対、いわば地引《じび》き網《あみ》。

勅命《ちょくめい》のおかげで、会場警備に当たる軍隊と警察はある程度まで俺の一存で動かせるようになっている。私服で観客に紛《まぎ》れ込んでいる者も含《ふく》めれば、このスタート会場だけでざっと千人を超《こ》える人員だ。こうなれば、チマチマと推理《すいり》を進めるよりも怪しいヤツを片っ端からしょっぴいちまったほうが圧倒的《あっとう》に効率がよい。

少々目立つし、手荒《てあら》な方法ではあるが、これには犯人への牽制《けんせい》の意味合いもある。これ見よがしに増員した警備態勢を前に、犯行計画を断念してくれればそれが一番だ。

なおも二、三の指示を兵士たちに飛ばしたあと、「ブッフォン！」と俺は愛馬を呼び寄せる。

——さあ、来るなら来やがれ！

手綱《たづな》を握《にぎ》ると、俺は大空に挑戦《ちょうせん》するように次の目的地へと飛び立った。

Freesia

——まぶしい。

白熱したレースを祝福するように、水平線の彼方《かなた》まで抜《ぬ》けるように青い晴天が広がる。迫《せま》り来る大海原《おおうなばら》が次々に後方に過ぎ去り、風が興奮したようにうなりを上げる。太陽は地上に存在するすべての生命に惜《お》しみなくその光を届け、少女たちの美しい髪《かみ》をさらに情熱的に輝《かがや》かせる。空を舞《ま》う色とりどりの翼《つばさ》は、極彩色《ごくさいしき》のラインを引いて虹《にじ》となる。

——戻《もど》って来た。

スタートから十分。私は空を飛びながら、わずかに感慨《かんがい》に耽《ふけ》っていた。

前後、上下、左右。鳥の群れのごとく空を飛翔士《ルーラー》たちが埋《う》め尽《つ》くす。懐《なつ》かしい顔ぶれもいるし、知らない顔もだいぶ増えた。吹《ふ》きすさぶ冷たい風とともに、私は二年という歳月を肌身《はだみ》で感じる。

前に視線を向けると、大輪《たいりん》の向日葵《ひまわり》のような黄色い飛翔服《ルーラ・オール》を着た少女。すらりとした白い太ももを伸《の》ばし、教科書どおりの美しい飛翔《ひしょう》姿勢だ。その右側《がわ》、斜《なな》め前方には純白の衣装《いしょう》を身にまとった少女。結婚式場に急ぐ花嫁《はなよめ》のような優雅《ゆうが》な出《い》で立《た》ちは、前にも見た記憶《きおく》がある。グロリアが珍《めずら》しく最後尾に位置していることもあり、全体としてかなり緩《ゆる》やかな序盤《じょばん》といえた。

やがて、眼下の海原がエメラルドグリーンを帯びた色合いに変わっていく。ここからは気流と気流が交わる海域で、一帯が豊かな漁場となっている。

——来たわね。

水平線の向こうに、キラリと何かが光る。これは『飛び魚《ルーフィス》』と呼ばれる生物で、四枚の翼を広げた魚たちが大量に近づいて来る。海上に広がる銀の絨毯《じゅうたん》のような大群を避《さ》け、少女たちはわずかに高度を上げる。

その後には「ニア、ニア」という声が海原に響《ひび》いた。小さな体に不釣合《ふつりあ》いなほど翼が発達した猫《ねこ》たちが空を翔《か》けてくる。三十匹ほどの『海猫《ニャール》』の群れは、おそらく食事時なのだろう、興奮した様子で前を飛ぶ魚たちを追って行く。

そうやって、郷愁《きょうしゅう》に満ちた海上飛行を続けていたときだった。

ざわりと、集団に緊張《きんちょう》が走った。後ろのほうだ。

——う。

振《ふ》り返ると、背後には黄金の翼が見えた。飛翔士たちを次々に抜かし、あっという間に先頭へ躍《おど》り出て来たのは黄金翼《おうごんよく》の女王——グロリア・ゴールドマリー。前にいた飛翔士たちは、まるで猛禽《もうきん》に襲《おそ》われた小動物のようにビクリと翼《つばさ》を縮めて道を譲《ゆず》る。

グロリアはあっさりと私を追い抜《ぬ》くと、さらに突《つ》き放すようにペースを上げた。

――く！

私も遅《おく》れまいとペースを上げる。五百名の集団から私たち二人だけが抜け出す。

戦いの始まりだ。

Garet

天覧飛翔《グラン・ルーラ》会のコースは、ウィンダール帝国《ていこく》の内陸を三日間で一周するようになっている。初日のみ海上コースで、二日目以降は陸地コースとなる。

コースには、全部で十六の『空点《ルーン》』と呼ばれるチェックポイントがある。この『空点』は参加飛翔士《ルーラー》が必ず順番に通過しなければならない場所で、これを無視すると即座《そくざ》に失格となる。

逆にいえば、空点さえ通過していればどのようなコース取りも飛翔士の自由とされている。

スタッフは、飛翔士と付かず離《はな》れずで伴翔《ばんしょう》するのが基本だ。だが、俺の場合は皇帝から受けた勅命《ちょくめい》があるため、ずっとフリージアにつきっきりというわけにもいかない。少女には「ブッフォンを休ませるため」と言い訳をして、今は空点に先回りをしていた。

黄色くなるまで熱した鉄棒を、真ん中でエイヤと折り曲げたような形状――それが天覧飛翔会の『第一空点』であるルーラル島の外観だ。折れ曲がったブーメラン型の島は、天覧飛翔会の原型となった古代飛翔競技が発祥《はっしょう》した地として有名だ。

――多いな。

ブッフォンで一足先《ひとあしさき》に到着《とうちゃく》した俺は、ルーラル島の小高い丘から会場を見渡《わた》していた。先ほどと同じように、飛翔会《ルーラ》目当ての客たちでひしめき合う観戦席を、隅《すみ》から隅まで見渡す。

空点は、犯人にとって絶好の待《ま》ち伏《ぶ》せポイントだ。そもそも、高速で飛ぶ飛翔士を撃墜《げきつい》しようとすれば、弾丸で弾丸《だんがん》を打ち落とすのに等しい難易度をクリアしなければならない。しかし空点では別だ。参加飛翔士は必ず空点の指定されたチェックポイント――ここではルーラル第一灯台《とうだい》上空――を通過しなければならないので、そこで待ち伏せして狙撃《そげき》すれば成功率は格段に上がる。空を飛ぶ飛翔士を狙《ねら》うのなら、真っ先に思いつくのがこの場所だ。

――だが。

もちろん俺に抜かりはない。空点そのものである灯台はもちろん、狙撃ポイントになりそうな高台はすべて立ち入り禁止にした。絶好の観戦席を奪《うば》われた一般《いっぱん》客からは若干《じゃっかん》の不満が出たものの、どこぞの貴族が貸し切っているという情報を流して納得《なっとく》させた。

――さて、どう出る。

俺は会場を監視《かんし》しながら、犯人になったつもりで考えてみる。十六あるすべての空点は、ここと同じように全面的に帝国の監視下に置かれている。帝国軍と警察が目を光らせる中で、白昼堂々と犯行に及《およ》ぶのは普通《ふつう》の神経ではまずやれないはずだ。

ただ、それでもなお、俺の不安は拭《ぬぐ》えなかった。こうした仰々《ぎょうぎょう》しい警備態勢も、たった一発の銃弾《じゅうだん》を防ぐには決して万全ではない。もし狙撃《そげき》されてしまったら最後、仮に犯人を捕《と》らえることができても取り返しはつかない。そういう意味では、皮肉なことに、犯人がきちんと計算できて、自分の保身を考えることができる人物であることを願うばかりだった。捨て身でこられると対策が難しいのは、歴史上たびたび繰《く》り返されてきた暗殺事件が証明している。

地鳴りのような歓声《かんせい》が耳をつんざく。

顔を上げると、空には星屑《ほしくず》のような光が広がっていた。飛翔士《ルーラー》の先頭集団が近づいて来たのだ。首筋を汗《あせ》が滴《したた》り落ちる。厳戒態勢の青空を、美しい翼《つばさ》を広げた少女たちが迫《せま》り来る。最初に見えるのは黄金の翼。そのあとに、ぴたりと追走する燃えるような赤髪《あかがみ》は――

――来た。

二番手に位置したフリージアを見て、俺の緊張《きんちょう》はますます高まる。グロリアの背後を取るポジションを見る限り、今のところプランは順調のようだった。

先頭のグロリアに、後ろからフリージアが迫る。しかしグロリアは即座《そくざ》にペースを上げて引き離《はな》す。空点では暫定《ざんてい》順位が表示されるため、十六の空点をすべてトップで通過してゴールすると『完全優勝』と新聞では報道される。二人の少女が暫定一位を競《きそ》い合う白熱したレース展開に、数千人がひしめく会場は熱狂《ねっきょう》の嵐《あらし》だ。

――頼《たの》むぞ……。

当面の順位よりも、見えない犯人に神経をとがらせる俺は、気になる狙撃ポイントに何度も視線を往復させた。怪《あや》しい動きがあれば警備員が大挙して殺到《さっとう》する手はずになっているが、今のところ何も変化はない。

ワッ、と会場がひときわ沸《わ》く。グロリアが一位で灯台《とうだい》の上を通過して行く。わずかに遅《おく》れてフリージアが通過。グロリアの首位を示す暫定順位が灯台に垂《た》れ下がると、観客席からは「グロリア！　グロリア！」と少女を称《たた》える声が上がった。

――ふー……。

フリージアが無事に通過し、俺はほっと一息をつく。

一分も経《た》たぬうちに、飛翔士たちの大集団が島に迫《せま》り来る。同じように灯台上空を次々に通過し、七色の嵐《あらし》のような光景が大空で展開される。空からはキラキラと陽光を反射して羽が舞《ま》い散り、人々はこぞって手を伸《の》ばし、摑《つか》み取った者は誇《ほこ》らしげに高々と掲《かか》げる。飛翔士の落とした『祝福の羽』は、持っていれば幸運をもたらす貴重なアイテムとされていた。ものによっては高値で取引されているほどだ。

こちらにも一枚の羽が風で流れてくる。その白い羽を見つめながら、俺はふとフリージアの義翼《ぎよく》の調子が心配になった。だが、今はアクシデントがないことを祈《いの》るしかない。

「行くぞ」

ブッフォンにまたがると、俺は次なる空点《ルーン》へと飛び立った。

Freesia

吹《ふ》きすさぶ風を受けながら、私は海上を翔《か》ける。目の前には絢爛《けんらん》たる黄金の翼《つばさ》。

改めて、思う。

——強い。

かつて、私たちはライバルと呼ばれていた。飛翔士《ルーラー》試験に合格した十三歳の時から、私も、グロリアも、周囲よりも圧倒《あっとう》的に抜けていた。飛翔会《ルーラ》に出れば私たちのどちらかが優勝した。同世代には敵などいなかったし、トップ飛翔士にも瞬《また》く間に追いついた。天覧飛翔会《グラン・ルーラ》への切符《きっぷ》を手にしたのも同じ時期だった。どちらも十年に一度の天才と呼ばれ、伝説の飛翔士ウイングバレットの記録を塗《ぬ》り替《か》えるのは彼女たちのどちらかだ、と評判にもなった。実力も拮抗《きっこう》していた——むしろ、私のほうがわずかだが上回ることが多かった。

——でも。

いまだかつて、これほどまでに彼女の強さを感じたことはなかった。それは、今の私が長いブランク明けの復帰戦だから、というだけではない。

感じる。ここまでは何とかついて来たけれど、その中身はまるで違《ちが》う。

私は全力だった。開始二時間強、必死に翼を羽ばたかせて、息を切らせながら、目に入る汗《あせ》を何度も拭《ぬぐ》いながら、どうにか食らいついてきた。

一方、グロリアは余裕《よゆう》そのものだった。ゆったりと大きく風を孕《はら》み、まるで遊覧飛行のごとく涼《すず》しい顔で空を滑《すべ》っていく。小刻みに翼をばたつかせている私とは天と地ほど違う余力。

——く……っ！

また、グロリアがペースを上げる。私は必死にそれに追いすがる。

雪の翼は万全だった。完璧《かんぺき》に風を孕み、重さもほとんど感じないし、違和《いわ》感もない。しかし、それでもなおグロリアについて行くのは容易ではない。

——渡《わた》り鳥《どり》と同じさ。

ふいに、ガレットの言葉を思い出す。苦しいときはいつもそうだ。

——渡り鳥はよく隊列を作っているだろう？　あれはな、前を飛んでいる鳥が羽ばたいて起こした『風』に、後ろの鳥がうまく『乗る』ためなんだ。

——たしかに、違う。

私は翼を羽ばたかせながら、作戦の効果を感じていた。前から感じる風圧が、今はグロリアのおかげで弱くなっている。それだけではなく、グロリアの巻き起こした気流にうまく乗れば、その分だけ体がわずかに『浮く』感覚がある。これがガレットの立てたプラン——彼いわく『渡り鳥』。

そのときだった。

ゆっくりと、グロリアが迫《せま》って来た。黄金の翼《つばさ》が近づき、私の視界を埋《うず》める。

――ペースダウン？

今まで快調に飛ばしてきたグロリアも、ここにきて疲《つか》れたのだろうか。私は彼女に合わせて翼の回転を緩《ゆる》める。正直、一息入れられるのはありがたい。

グロリアは私の上空、太陽を遮《さえぎ》るような場所につけた。私が顔を上げれば、ちょうど彼女と視線が合う位置だ。

そして彼女は、独《ひと》り言《ごと》のように、ぽつりと言った。


「――渡り鳥作戦」


耳を疑った。

――今、なんて……？

「あえて二番手に着くことで、空気抵抗《ていこう》を減らし、あわよくば風に乗る」

美しい声で、マニュアルを読み上げるように。

「彼に習ったのかしら？」

――！

思わずグロリアを見上げる。しかし、彼女は前を向いたまま視線を合わせようともしない。

——ど、どういうこと……？

たしかにこの作戦はガレットから習ったものだ。とすると、なぜ、彼女がこちらの作戦を知っている……？

——あ！

グロリアの言葉に気を取られた瞬間《しゅんかん》だった。一転して、彼女はペースを上げた。黄金の翼が鋭角《えいかく》的な軌道《きどう》を描《えが》いて大気を叩《たた》き、強烈《きょうれつ》な風の壁《かべ》が吹《ふ》きつける。面食らった私は判断が遅《おく》れる。

——まずい！

必死に翼を羽ばたかせ、彼女を追いかける。

鼓膜《こまく》を震《ふる》わす風の音とともに、私の中で疑念の嵐《あらし》が渦《うず》巻く。こちらの作戦が、なぜか、グロリアに漏《も》れていた。

——なぜ……？　どうして……？

私の心は、強風に弄《もてあそ》ばれる髪《かみ》の毛のように乱れた。

Garet

不穏《ふおん》な動きがあったのは夕方だった。

海岸線に聳《そび》え立つ巨大《きょだい》な銀色の塔《とう》を見ながら、俺は時を待っていた。

——まだか。

徐々《じょじょ》に夕闇《ゆうやみ》があたりを染める中、水平線をじっと睨《にら》む。日没《にちぼつ》まであと一時間を切った。

天覧飛翔会《グラン・ルーラ》は太陽が出ている間しか飛翔《ひしょう》できないルールなので、日があるうちにこの天空塔にたどり着けない者は問答無用で失格になる。この時点で失格する者が毎年二、三名は出るが、そのほとんどは何らかのアクシデント——怪我《けが》、体調不良、接触《せっしょく》事故などによってだ。

——頼《たの》むぞ……。

俺はフリージアの無事を祈《いの》りつつ、会場に視線を配る。夜間はさらに人員を増量して警備に当たっているが、暗いというただそれだけで監視《かんし》はぐっと困難になる。天空塔から発せられる灯台《とうだい》の明かりも、今はいつもより心許《こころもと》なく感じる。この塔が初日ラストの『空点《ルーン》』だった。

皇帝《こうてい》の観戦席がある天空塔を見ていると、あの日の出来事を思い出す。

——フリージア・ギガンジュームの翼《つばさ》を打ち抜《ぬ》いた弾丸《だんがん》じゃ。

あの日に見た、黒くて、ちっぽけで、ひしゃげたような金属の塊《かたまり》。あれがフリージアから翼を、そして夢を奪《うば》った。犯人はまだ捕《つか》まっていない。それはつまり、フリージアの夢を奪った野郎《やろう》は今でものうのうと生きていて、この国のどこかに——ひょっとしたら今この会場のどこかに潜《ひそ》んでいるかもしれない、ということだ。

——もし、そいつを見つけたら。

まずはとにかくタコ殴《なぐ》りだ。顔の形が変わるほど殴ったら、フリージアの前で地面に頭がめり込むほど土下座させる。そこから先は——フリージアが決めることだろう。

俺は視線を舐《な》めるように会場に走らせる。飛翔士《ルーラー》を狙撃《そげき》するには空が暗い分だけ悪条件といえる。だが、狙撃犯が逃《に》げるには好条件だ。悪条件と好条件が重なる黄昏時《たそがれどき》、犯人の思惑《おもわく》がどちらに転ぶか、俺は張りつめた気持ちで会場を睨《にら》み続ける。

そのときだった。

ふと、俺は『それ』に目を留めた。

場所は目の前に聳《そび》える白銀の塔——天空塔。

——あ……？

塔のてっぺんでは、灯台の明かりが灯《とも》っている。そのすぐ真下、皇帝の観戦席がある場所の窓辺《まどべ》で、何かが光っていた。

——なんだ？

それは不審《ふしん》な男だった。何か細長い棒状のものを携《たずさ》え、それを空に向かって構えている。夕《ゆう》闇《やみ》をバックにして光るそのシルエットは、たしかに——

——銃《じゅう》……!?

その瞬間《しゅんかん》だった。

会場が一斉《いっせい》に沸《わ》いた。地鳴りのような大歓声《だいかんせい》の中、夕焼け空の向こうには――

――やばい……っ！

○

大歓声に包まれる夕闇《ゆうやみ》の中、俺は白馬を駆《か》り一直線に突《つ》っ込んでいく。途端《とたん》に、空中管制を敷《し》いていた帝国《ていこく》軍の兵士が立ちはだかる。いくつもの翼《つばさ》が視界を遮《さえぎ》ると、俺は服の裏地――帝室の階級章を見せて叫《さけ》んだ。

「急げ！　怪《あや》しいヤツが塔の最上階にいる……！」

「し、しかし……！」俺の階級章を見て兵士たちの顔色は変わったが、それでも進路を空けなかった。「ここから先は陛下の許可が必要です！」

「うるせえっ！　んなもんはとっくに取りつけてあんだよ！」

俺は兵士たちの間に割り込むようにして強引に突っ切る。突破《とっぱ》すると、「お、お待ちくださいぃ……っ！」と焦《あせ》った声が背後で響《ひび》いた。

――間に合うか……っ!?

ブッフォンに力いっぱい鞭《むち》を入れる。この合図で最高速に乗った白馬は、天空塔へ猛然《もうぜん》と翔《か》けて行く。しかし飛翔士《ルーラー》たちは見る見る近づいてくる。西の空に最初に見えたのは黄金の翼——先頭はグロリア、続いてフリージア。時が迫《せま》る、俺は叫ぶ、だが時間が圧倒的《あっとう》に足りない。

そこで俺は気づいた。

「あ……？」

さっきまで窓辺《まどべ》にいた影《かげ》——何か棒状のもので『狙《ねら》い』をつけていたその男は、銀色のストライプが入った見覚えのある服装をしていた。その背後には彼と同じ服装の近衛《このえ》兵がずらりと並んでいる。

——関係……者……？

やがて、グロリアが天空塔の上空を弾丸《だんがん》のごとく通過し、わずかに遅《おく》れてフリージア。それと同時に、その男は景気づけのようにパァン、パァンッと空に向かって銃《じゅう》——おそらくは空《くう》砲《ほう》を撃《う》った。

——なんだよ……。

自分の早とちりに、俺はがくりと脱力《だつりょく》する。祝砲手が銃を持っているのは当然のことだ。

そんな俺をよそに、また歓声が湧《わ》いた。

後続の少女たちが次々に空点《ルーン》を通過し、空は大輪《たいりん》の花が咲き乱れたように埋《う》め尽《つ》くされる。虹《にじ》を花束にして撒《ま》き散らしたような極彩色《ごくさいしき》の光が夕焼け空を彩《いろど》り、圧巻《あっかん》としかいいようのない光景に俺も一瞬だけ飲まれる。それは天空のパレード。

俺はなおも会場を見渡《わた》し、警戒《けいかい》の視線を走らせる。だが、不審《ふしん》な動きはそれきりだった。

高らかに音楽隊のラッパが鳴り響《ひび》く。

塔《とう》の最上階では、祝賀旗手《エール・フラール》が狂《くる》ったように旗を振《ふ》っていた。

Freesia

パーンッ、と空砲《くうほう》が鳴って、今日のレースが終わりを告げる。

私は草原に下りると、力尽《つ》きて大の字になった。心臓が乱打し、体が火照《ほて》り、汗《あせ》が噴《ふ》き出し、翼《つばさ》が攣《つ》るほど痺《しび》れていた。

寝転《ね》がったまま荒《あら》く息をしていると、「ブッフォア――!」と一頭の四翼馬《ペーガ》が下りて来た。

「大丈夫《だいじょうぶ》か……!」

ガレットが馬から飛び降りてくる。

「……なん、とか」

ラストスパートの消耗《しょうもう》は体内の血流をぐるぐると掻《か》き回し、私はしばらくの間、ただ呼吸を整えるのに苦労した。

何とか二着は確保した。先頭との差も時間にして一分か二分だろう。だが、私は見かけの着順以上に今日の結果が悔《くや》しくて仕方なかった。

最後、ラストスパートをかけた私に対し、グロリアはペースをほとんど変えなかった。最後の空点《ルーン》である天空塔《とう》も、まるでただの通過点にすぎないように（実際、通過点なのだけれど）変わらぬペースで通り過ぎた。私が何とか食らいついていけたのも、彼女が本気を出していなかったからにすぎない。

「く……」

悔しさのあまり、空を睨《にら》みつける。それでも情けないことに、乱れた呼吸はなかなか収まってくれない。

「ほら、摑《つか》まれ」

「大丈夫よ、自分で立てるわ……ウッ」

ズキリと、右の翼に痛みが走った。それは雪の翼を装着している部分。

「……しょうがねえな」

ガレットの声が響くと、太い腕《うで》が私を抱《だ》き上げた。「わわ！」と驚《おどろ》いて私はジタバタする。

「コラ、暴れるな」

「は、放して、恥《は》ずかしい……」

「じっとしてろ」

お姫《ひめ》様のように彼に抱《かか》えられたまま、私は草原を運ばれて行く。一日の疲労《ひろう》で抗《あらが》う余力もなく、今は厚い胸板《むないた》に身を任せるほかなかった。

——彼に習ったのかしら？

ふと、その言葉が蘇《よみがえ》り、また翼《つばさ》が痛んだ。

Garet

「あ、あ、やめて……っ」

「コラ、おとなしくしろ」

「は、うぅっ、あ、あんっ！」

「ここか？　それともこっちか？」

「お、お願い、もっと優《やさ》しく……！」

少女は身をよじりながら、熱っぽい吐息《といき》を漏《も》らす。汗《あせ》で光る肌《はだ》が艶《なまめ》かしく動き、そのたびに大きな乳房《ちぶさ》がゆさりと揺《ゆ》れる。

「観念しろ！」

俺はその華奢《きゃしゃ》な体をがっしりと拘束《こうそく》したまま、時に優しく、時に強く、そのデリケートな部分を揉《も》みしだく。

「う、くぅ……！　も、もうだめぇ……っ！」

やがて、フリージアは痙攣《けいれん》したように大きく体を震《ふる》わせると、その場にガクリと崩《くず》れ落ちた。

テントの中でハアハアと息を弾《はず》ませる。

「手こずらせやがって……」

俺は額の汗をぐいっと拭《ぬぐ》い、大きく息を吐《は》いた。

マッサージを始めること三十分。身もだえするフリージアを何度となく制圧しながら、俺は少女の翼を余すところなく揉んでやった。今日一日の飛翔《ひしょう》で相当の疲労《ひろう》が溜《た》まっているので、きちんとマッサージしなければ明日に響《ひび》くからだ。

「汗を拭《ふ》いとけよ。体が冷えっからな」

「……うー」

少女はうつぶせになったまま、翼だけをバサリと動かした。どうやらマッサージの影響《えいきょう》だけでなく、返事をする気力もないほど疲《つか》れているようだった。

──無理もないな。

今日は一日中、あのグロリアと競《きそ》い合って飛翔を続けたのだ。肉体的にも精神的にも疲労困憊《ひろうこんぱい》なのは当然だった。

俺は少女の体にふわりと毛布を掛《か》けると、テントを後にした。

リィン、リィンと虫の声が哀《かな》しげに響く夜。市街地からやや離《はな》れたブランカ川のほとり。川沿いの林で、焚《た》き火《び》が赤々と燃え、白い煙《けむり》が夜空にたなびく。かまどの火加減を見ながら、俺は今日一日を振《ふ》り返る。

警戒《けいかい》には万全を尽《つ》くした。結果、何も事件は起きなかった。終了《しゅうりょうま》間際《ぎわ》に見つけた不審《ふしん》人物も、ただのスタッフ——祝砲手《しゅくほうしゅ》だと判明した。

——問題ない。何も、問題ない。

河原の石で作った即席《そくせき》のかまどでは、スープがコトコトと音を立てている。不安を打ち消すように、俺はスープを乱暴に掻《か》き回した。不安な胸中と同じように、琥珀色《こはくいろ》の液面がふつふつとあわ立つ。

「あら、いい匂《にお》いね」

テントからフリージアが出て来ると、俺は気分を切り替《か》えた。レース中の飛翔士《ルーラー》の前で、辛気《しんき》くさい顔は避《さ》けたい。

「一杯《いっぱい》、いただける？」

「おう」

俺はスープを木製の椀《わん》によそい、フリージアに渡《わた》す。「ありがとう」と受け取ると、少女はフーフーと息を吹《ふ》きかけた。唇《くちびる》を突《つ》き出して必死にスープを冷ます仕草は、ひどく幼く見える。

「どうしたの？」

ズズッ、と少女が一口飲む。

「ああ、いや。……うまいか？」

「あなたにしては、まあまあね」

「へっ、偉《えら》そうに」

俺も自分の分をよそい、一口飲む。考え事をしていたせいか、やや塩気が足りない。

「ちょっと薄《うす》いか？」

「ううん。このくらいが私は好き」

「そうか」

妙《みょう》に静かな食卓《しょくたく》だった。少女は疲《つか》れているせいか、あまり話さないし、俺も気がかりが多くてあまり会話に興じる気分になれない。こういうとき、クローバーのヤツがいてくれれば助かるんだけどな……と少年の顔を思い出す。ブッフォンは林のそばでやたらに草を食《は》んでいる。

「…………」

気づけば、フリージアが俺のほうをじっと見ていた。スープに口をつけながら、上目遣《うわめづか》いでこちらを窺《うかが》っている。

「どうした？」

「ううん、なんでも」

俺が見つめ返すと、少女は恥《は》ずかしがりやの小動物のように、椀の向こうに顔を隠《かく》した。最近はこういうことが多い。何か言いたいことがあるのに、ためらっている仕草。半年近くいっしょに暮らしていると、こうした少女の癖《くせ》もだいぶ分かってくる。

「ごちそうさま。……少し休むね」

少女は杖《つえ》を突《つ》いて立ち上がると、そのまま引き揚《あ》げて行った。

今日は食前のお祈《いの》りがなかったな、と気づいたのは、少女がテント内に姿を消したあとだった。

○

夕食が終わると、俺は義翼《ぎよく》のメンテナンスに取りかかった。焚《た》き火《び》の前で一人、黙々《もくもく》と作業を進める。

今日の疲《つか》れが出たのか、フリージアは早々に寝床《ねどこ》についていた。ブッフォンも今は木立《こだち》の陰《かげ》ですやすやと寝息を立てている。

焚き火の明かりを頼《たよ》りに、念入りに『雪の翼《つばさ》』を点検する。

暗闇《くらやみ》の中、炎《ほのお》の光を帯びて白銀の翼が妖《あや》しく輝《かがや》く。俺は何度も繰《く》り返し光に照らして、翼に問題がないかをチェックする。歪《ゆが》んでいれば光の反射に現れるし、破損があれば羽の擦《こす》れる音で分かる。

——あの強がりめ……。

俺は義翼を点検しながら、小さくため息をつく。ところどころに付着した、花びらが散ったような小さな血痕《けっこん》は、少女の翼から出たものに間違《まち》いなかった。それは激闘《げきとう》の代償《だいしょう》であり、また、少女の忍耐《にんたい》の証《あかし》でもあった。

痛い。つらい。苦しい。休みたい。いっしょに暮らして半年近く、そんな弱音を俺はただの一度も聞いたことがなかった。それはレース本番でも同じで、俺は少女の不屈《ふくつ》の精神力に改めて感心する。

――明日は痛み止め、必要かもな……。

数枚の傷《いた》んだ羽を交換《こうかん》し、付着した細かい血痕を丁寧《ていねい》に拭《ふ》き取る。雪の翼は、全体としては大きな損傷もなく、残り二日間も十分に耐《た》えられそうだった。

そのときだった。

あたりに一陣《いちじん》の風が巻き起こり、目の前の焚き火が右に左に煽《あお》られた。

――あ？

見上げると、空には黄金の翼が広がっていた。それは徐々《じょじょ》に降下し、俺の前にふわりと着地する。

「ウイングバレット」

現れたのはグロリアだった。いかにも貴族然とした厚手のローブを羽織った姿は、年齢《ねんれい》よりも少女に大人びた印象を与《あた》えている。

「なんだ、ずいぶん早いな」

俺は時計を確認《かくにん》して、少女が予定より三十分も早く来たことを知る。

「何か不都合がございますか？」

「いんや」

今夜は元々、グロリアと会う約束だった。皇帝《こうてい》から受けた勅命《ちょくめい》任務——特に『狙撃犯《そげき》』についての情報交換《こうかん》をするためだ。ただ、レース中の飛翔士《ルーラー》を捜査に駆《か》り出すわけにもいかず、こうして夜中の短い時間だけ落ち合うことにしていた。

——まったく、こいつは昔からクソ真面目《まじめ》だからな。

俺は焚《た》き火《び》を消すと、一度、テントのほうを振《ふ》り返った。フリージアが起きてくる気配はない。

「向こうで話そうか」

○

緩《ゆる》やかに流れる川面《かわも》は、月明かりを浴びて淡《あわ》い白色に光る。その上を数匹《ひき》の蛍《ほたる》が飛び交《か》い、青い軌跡《きせき》が気まぐれな絵画のごとく繰《く》り返し描《えが》かれる。

テントのあった場所から歩いて一分足らず。俺たちはブランカ川のやや上流に来ていた。フリージアを一人残してきた格好になるが、周囲には帝室《ていしつ》の兵士たちが二十四時間体制で護衛に当たっているので問題はない。

「けっこう冷えるな」

「そのような薄着《うすぎ》をしているからです」

「おまえはあったかそうだな」

「夜間外出における当然の服装です」

グロリアはあくまで表情を変えずに、事務的な口調で答えた。相変わらず、この少女は愛《あい》嬌《きょう》という言葉を知らない。

「じゃ、俺からな」

俺は今日一日の動きをかいつまんで話す。特に、最後の空点《ルーン》で見た不審《ふしん》人物——祝砲手《しゅくほうしゅ》のことは詳《くわ》しく話した。

「——ま、そんなわけで、これといった成果はない。……おまえのほうは？」

「スタート後、しばらく他《ほか》の飛翔士たちを監視《かんし》しましたが」少女は歯切れの良い口調で告げた。

「これといって不審《ふしん》な点は見当たりませんでした」

「おう。何よりだ」

「ただし一つだけ問題が」

「なんだ」

「フリージア・ギガンジュームのことです」

そこでグロリアは、すっと目を細めた。

「まさかとは思いますが、彼女は何も知らないのですか？」

「どういう意味だ？」

「今回の勅命《ちょくめい》のことです」

「ああ、知らせていない」

「なぜですか？」

「なぜって……当然だろ」

俺は今回の勅命の件を、一切《いっさい》フリージアに伏《ふ》せていた。もし、そのことを知ればレースに集中できなくなることは間違《まちが》いないし、何より二年前の墜落《ついらく》は少女にとって根深いトラウマだからだ。

「……トラウマ、ですか」

「ああ」

理由を説明すると、グロリアは俺をじっと見つめた。その瞳《ひとみ》は冷たく、納得《なっとく》したそぶりはない。

「では、もう一つ」

彼女はまるで事務的な文書を読み上げるように、質問を重ねた。

「あなたが自らの素性《すじょう》を伏せているのは、なぜですか？」

この質問には、わずかに胸がざわついた。

「関係ないからさ」

「関係ない？」

「俺は『義翼屋《ぎよく》』として彼女と契約《けいやく》している。だから『昔』のことは関係ない」

そう答えると、彼女は青い瞳をわずかに伏せて、「……そうですか」と小さな声で答えた。

――なんだ？

いつになくフリージアのことを訊《き》きたがる少女に、俺は違和《いわ》感を覚える。彼女がここまで他人に関心を示すのは珍《めずら》しい。物憂《ものう》げな青い瞳は何かを訴《うった》えるようにパチパチと瞬《まばた》きを繰《く》り返している。

――おや？

そこで俺は、グロリアの耳元で光る『それ』に気づいた。

「珍しいな、おまえがイヤリングなんて」

「……え？」

グロリアは驚《おどろ》いた様子で顔を上げた。同時に、両の耳でキラリとイヤリングが光る。半透明《はんとうめい》の直方体というシンプルなデザインだ。

「へえ。なかなかよく似合っているじゃないか」

「……そうですか」

グロリアは小さな声で答えた。それは先ほどと同じセリフだったが、いくらか、戸惑《とまど》ったような抑揚《よくよう》があった。

俺は一歩、彼女に近づき、そのイヤリングを見つめた。半透明《はんとうめい》の白銀色は、雪の翼《つばさ》と同じ『雪灰石《せっかいせき》』の結晶《けっしょう》で造ったものに見えた。

「雪灰石のイヤリングか。これだけ透明にできるなんて、腕《うで》のいい職人の仕事だな……」

俺はそっと耳元に手を差し出す。グロリアは「あ……」と漏《も》らし、びくりと肩《かた》を震《ふる》わせたが、取り立てて俺を避《さ》けようとはしなかった。その顔は少し赤くなっている。

少女の耳元に、俺の指先が触《ふ》れた瞬間《しゅんかん》だった。

ガチャン、と派手な音がした。

――なに?

驚《おどろ》いて音のした方角を見る。

細い樹木を背にして、そこに立っていたのは、俺のよく知る赤髪《あかがみ》の少女だった。

○

それは驚愕《きょうがく》の表情だった。

心底驚《おどろ》いたというふうに、少女は目を見開き、口をかすかに開けていた。足元には粉々に割れてしまった何枚かの皿。それを見て、俺は少女が皿を洗いに川まで来たのだと理解した。指先に、かすかに硬《かた》いものが触《ふ》れる。俺はグロリアのイヤリングに触れていたことを思い出し、静かに手を下ろした。

「フリージア……？」

「あ、あ」

俺が声をかけると、少女はやっと我に返ったように動き出した。自分の足元を見て、割れた皿の様子に改めて驚いた顔をすると、「ごめん、ごめんね」と焦《あせ》った様子で破片を拾い始めた。地面にしゃがみこんで、懸命《けんめい》に皿を拾うフリージア。その姿勢はひどく危《あや》うげで、俺は思わず歩み寄る。

「バカ、そんなの拾わなくていいから」

「いいから、わたし、ひろう」

なぜか急に片言《かたこと》になった少女は、それでも皿の破片を拾い続ける。鋭《するど》い破片を手のひらにガチャガチャと載《の》せているのは非常に危なっかしい。

「おい、どうしたんだよ。危ねぇだろそれじゃ」

「だ、だいじょうぶ、だだだいじょうぶだから」

少女は破片を拾い終えると、「ご、ごめんね、いいところで、邪魔《じゃま》して」と逃《に》げるように踵《きびす》を返した。

――いいところ？

変だと思った俺は「フリージア！」と叫《さけ》ぶ。しかし少女はびっくりした子猫《こねこ》のようにわたわたと逃げていくばかりで、すぐに林の向こうに消えてしまった。

――なんだ……？

「ウイングバレット」

「ん？」

俺が振《ふ》り向くと、グロリアは林の奥を見つめていた。その表情は先ほどより険しくなっている。

「ギガンジュームが住み込みで働いているというのは、本当ですか？」

唐突《とうとつ》な質問だった。

「おう。ここ半年ほどな。……それがどうした」

「いいえ」

グロリアはそこで声のトーンを落とした。

「訊《き》いてみただけです」

翼《つばさ》を広げると、「では、これで」と地面を蹴《け》った。イヤリングが細い光の筋を夜空に描《えが》き、それはすぐに遠ざかる。

あたりに静寂《せいじやく》が戻《もど》ると、俺は一人、その場に取り残された。頭をボリボリと掻《か》く。

——何か、変だな……？

○

だんだんと明るくなる夜明けの空。少女の飛翔服《ルーラ・オール》をライトアップするように、足元から朝陽《あさひ》が這《は》い寄ってくる。鮮烈《せんれつ》な赤い衣装《いしよう》が陽光を浴びて煌《きら》めき、雪の翼《つばさ》が鋭《するど》い光を反射する。地上に降臨した天使のごとく、今日も少女は美しい。

二日目——それは中日にして、通称《つうしよう》『波乱の日』。

「そろそろだな」

俺が声をかけるど、「う、うん……」と少女は少し曖昧《あいまい》な返事をした。

「どうした？　寝《ね》不足か？」

「ううん、大丈夫《だいじようぶ》。眠《ねむ》いよ」

「あ？」

「あ、違《ちが》う違う、眠くないよ」

今朝は最初からずっとこんな調子だった。何か考え事をしているようにボーッと朝食を食べてはこぼし、目が合うと慌《あわ》てたように視線をそらす。こんなに落ち着きのない少女を見るのは初めてだった。

——ひょっとしてあれか？

「フリージア」

「な、……なに？」

びくり、と少女は恐《おそ》れたように俺を見上げる。

「あのな、昨日のことだけどな——」

「い、いいの！」

少女は機先を制するように叫《さけ》んだ。

「私、気にしてないから」

昨晩もそうだった。俺が説明しようとすると、少女は聞きたくないとばかりに会話を中断してしまう。

「聞いてくれ。今は詳《くわ》しいことを話せないが、大神ウィンディアに誓《ちか》って言う。俺は、グロリアにおまえの情報を流したりとか、そういう行為《こうい》は絶対に——」

「分かってる、分かってる！」

——また。

少女は落ち着きのないそぶりで「そ、そんなことはちっとも、全然、まったく思ってないから！」と手をぶんぶん振《ふ》る。

「いや、でもよ、おまえ昨日から何か――」

変だぞ、と続けようとしたときだった。

パアーンッ、と号砲《ごうほう》が鳴った。

「ほら、じ、時間よ」

少女は何かを誤魔化《ごまか》すように視線をそらし、空を見上げた。

「おう……」

スタートを遅《おく》らせるわけにもいかないので、俺は準備に入った。膝《ひざ》を曲げて、フリージアの腰《こし》を両手で支える。両の手のひらで腰のくびれをすっぽりと包むと、少女はくすぐったそうに身をよじった。これは飛翔士《ルーラー》の体力消耗《しょうもう》を防ぐ定番のスタート法だ。

少女が俺の両肩《かた》に手を載《の》せて、グッと腕《うで》に力を込める。顔と顔が近づき、お互《たが》いの吐息《といき》を感じる距離《きょり》。

「準備はいいか？」

俺が尋《たず》ねると、少女は「ば……万全よ」とあまり万全でもなさそうに答えた。その顔はうっすら赤い。

――本当に大丈夫《だいじょうぶ》か？

少女は、翼《つばさ》をゆっくり、大きく動かし始めた。その回転は徐々《じょじょ》に鋭《するど》くなり、あたりの落ち葉が小躍《こおど》りするように宙に舞《ま》う。

「三、二、一……」

俺はゆっくりとカウントダウンをする。少女の表情が緊張《きんちょう》し、瞬《まばた》きがやけに多い。

「飛翔《ルーレ》！」

かけ声と同時に、俺は勢いよく少女を持ち上げた。少女も同じタイミングで俺の両肩を押し出すように反動をつけ、一挙に空へ舞《ま》い上がる。

少女が空を昇《のぼ》って行く。白銀の翼がキラリと光り、まだ薄暗《うすぐら》い空に流星のごとき細い軌跡《きせき》を描《えが》く。

その姿は、昨日と比べてどこか弱々しく見えた。

Freesia

空高く舞い上がると、銀色の鞍《くら》を付けた四翼馬《ペーガ》が羽ばたいていた。その鞍上《あんじょう》には二人組がまたがっており、今しがた号砲《ごうほう》を放ったばかりの拳銃《けんじゅう》が白い硝煙《しょうえん》を上げている。

この人たちは随行審判員《ルーラ・ユード》といって、優勝候補の飛翔士に随行《ずいこう》する帝室《ていしつ》の役人だ。要は、不正防止のための監視《かんし》役で、ルール違《い》反《はん》があると即座《そくざ》に警告を発し、悪質な違反者に対しては失格処分にさえできる強い権限を持つ。レース中は、付かず離《はな》れずといった距離《きょり》で飛翔士《ルーラー》を見守る。

私は審判員《しんぱんいん》と目が合うと、小さく会釈《えしゃく》をして、それから進路を東に切った。正面にはまぶしい朝陽《あさひ》、眼下には幅《はば》の広い河が穏《おだ》やかに流れている。陽光を反射する川面《かわも》が山々を縫《ぬ》うように光の線を伸《の》ばしており、私はその光をたどって東へ東へと進む。前方には黄金の点——グロリアがかろうじて見える。ブッフォンに乗ったガレットはやや離れた位置で伴翔《ばんしょう》しており、今日は途《と》中《ちゅう》までいっしょに飛ぶ予定だった。

——急ごう。

私は翼《つばさ》の回転を上げる。今は何も考えずに、レースだけに集中したかった。昨晩、偶然《ぐうぜん》に見てしまった二人のあの光景を思い出すと——グロリアの頬《ほお》に手を当てたガレット、それを拒《こば》まないで熱に浮かされたように見つめ返す少女——私の思考はぐちゃぐちゃになってしまうからだ。

——関係ない。関係ない。レースには関係ない。

私は疑念を振《ふ》り払《はら》うように、翼を強く、大きく動かす。

そんな晴れない気分とは裏腹に、天候だけは良かった。太陽が徐々《じょじょ》に昇《のぼ》り、緩《ゆる》やかな山岳《さんがく》地帯を生き生きと輝《かがや》かせる。吹《ふ》き抜《ぬ》ける風が心地《ここち》よく、時には野生の四翼馬《ベーガ》の群れと仲良く並《へい》翔《しょう》する。

やがて、山頂には鮮《あざ》やかな花畑が見えてきた。これは『天空の花園《ルー・ガーデン》』と呼ばれる名物庭園で、今日最初の空点《ルーン》だ。赤、青、黄、白と極彩色《ごくさいしき》の花たちが山頂全体を覆《おお》うように広がっており、翼の形に似た花びらをパタパタと羽ばたかせて空に浮かんでくる。『飛翔花《ラフーラ》』たちはこうやって、さらなる繁殖《はんしょく》のために次の土地を探して大空を旅する。

——綺麗《きれい》ね……。

幾千《いくせん》の花吹雪《はなふぶき》を散らしながら、私は空を突《つ》っ切る。花の香《かお》りを胸いっぱいに吸い込むと、もやもやしていた気持ちがいくらか晴れたような気がした。

天空の花園を抜けると、眼下の景色が山岳地帯から田園《でんえん》地帯へと変わっていく。黄金色《こがねいろ》のカラス麦が実りの穂《ほ》を揺《ゆ》らし、風が吹くたびにざわざわと波打つ大豊田《だいほうでん》。農業用水の四角い水路が陽光を反射し、脚光《きやつこう》を浴びたダンスホールのように鋭角的《えいかく》に煌《きら》めく。美しい自然の光景を眺《なが》めていると、旅行に来たような錯覚《さつかく》さえ起こる。

しかし、観光気分はそこまでだった。

——あ、れ……？

風の音に混じって、何かが連続して震《ふる》えるような音が聞こえた。

ブーン、ブーン。

その音は徐々《じょじょ》に大きくなり、近づいて来る。

——なにかしら？

ちらりとガレットのほうを見る。何か叫《さけ》んでいる。両手を何度も交差させているのは『厳《げん》戒《かい》』のサイン。

——まさか。

私は羽ばたきを小さくして、注意深く空を見回す。前方には抜《ぬ》けるような青空、上空には輝《かがや》かしい太陽。はるか後方には救護馬車らしき光点。

「西だ、西！」

ガレットが指差した西の空には、黒い雨雲《あまぐも》のような塊《かたまり》が空に浮かんでいた。それは輪郭《りんかく》を微《び》妙《みょう》に変えながら、徐々《じょじょ》に大きくなる。

——軍隊大蝗《アームホルバ》！

それは数百万匹《びき》クラスの『大蝗《ホルバ》』——巨大《きょだい》イナゴの大群だった。イナゴの中でも凶暴《きょうぼう》な性質で知られる。

「林に回避《かいひ》！」

間髪《かんはつ》入れずに彼から指示が飛ぶ。私はうなずき、すぐに降下を始める。

イナゴは黒光りする硬質《こうしつ》の体をぎらつかせ、むくむくと膨《ふく》れ上がるようにこちらに迫《せま》ってくる。それは殺意に満ちた黒雲。

私は翼《つばさ》を広げ、急いで林へと降下する。田園《でんえん》地帯は虫たちの餌場《えさば》なので、近くの川を目指す。最悪、水中に避難《ひなん》すれば虫の襲撃《しゅうげき》だけは避《さ》けられるからだ。ガレットも同様の進路を取って私に続く。

そのときだった。

──えっ⁉

降下していく途中《とちゅう》で、私の視界を一つの『影《かげ》』がよぎった。

──女の……子？

それは、小さな翼をパタパタと羽ばたかせている一人の少女だった。見たところまだ幼い。

「どうしたの⁉」

私はすぐに少女に翔《か》け寄る。

「う、う……」

少女は幼い顔つきを歪《ゆが》めて、つらそうにこちらを見た。その翼はビクビクと痙攣《けいれん》し、かろうじて空に浮かんでいるといった様子だ。

私は少女の顔を見て驚《おどろ》いた。

「あなた……ひょっとして空中市場《ルー・マルシエ》の……？」

それは、以前買い物のときに出会った、イナゴ売りの少女だった。桃色《ももいろ》のふわふわした髪《かみ》には見覚えがある。こんなところで会うとは奇遇《きぐう》だったが、思えばここからノウスガーデンはそう遠くない。

「翼が攣《つ》ったのね？」

その問いかけに、少女は桃色《ももいろ》の髪《かみ》を乱して必死にうなずく。

「ねえ、降下はできる？」

「つ……翼《つばさ》、うごか、ない……」

幼い頬《ほお》にポロポロと涙《なみだ》がこぼれる。

「ほら、摑《つか》まって！　助けてあげる！」

一瞬《いっしゅん》、前を行くグロリアのことが脳裏をよぎったが、すぐに振《ふ》り払《はら》う。

「飛翔服《ルーラ・オール》のベルトを握《にぎ》って……そう、しっかり摑まるのよ！」

幼い少女は、母にすがる子供のように必死にしがみついてくる。私も少女の体を両腕《うで》でしっかりと抱《だ》く。

——急がないと！

私は少女を抱いたまま方向転換《てんかん》を図《はか》る。

しかし、一歩遅《おそ》かった。ブブッ、と羽音が聞こえたかと思うと、私の脇《わき》を何本もの黒い矢が通り過ぎた。イナゴの大群に追いつかれたのだ。

——く！

即座《そくざ》に、私は上空へと舵《かじ》を切った。ぐんぐん高度を上げて黒いイナゴたちを振り切る。しかし向こうも『獲物《えもの》』を逃《のが》すまいと羽を扇形《おうぎがた》に広げて猛然《もうぜん》と襲《おそ》いかかってくる。

——全速！

私は弓なりの軌道《きどう》を描《えが》いて一気に上昇《じょうしょう》していく。その動きに同調するように大蝗《ホルバ》の群れも邪《じゃ》悪《あく》な巨龍《きょりゅう》のように黒い帯となって追いかけて来る。

――もっと速く！

奥歯を噛《か》み締《し》め、さらにスピードを上げる。時おり右に左に体をひねって引き剝《は》がしにかかるが、数が多すぎてすべてを振り切ることができない。幼い少女は私の胸でブルブルと脅《おび》える。虫との距離《きょり》を測るべく、後方を確認《かくにん》したときだった。

――あ……！

バチッ、と左目に衝撃《しょうげき》が走った。

「うあ……っ！」

額に激痛が走り、赤い飛沫《ひまつ》が飛び散る。たまらずバランスを崩《くず》す。少女が悲鳴を上げる。虫の群れはもう目前だ。

――まずい……！

救いの手が差し伸《の》べられたのは、そのときだった。

「こっちだ！」

顔を上げると、上空では天に向かって白い煙《けむり》が昇《のぼ》っていた。

——救難信号！

煙《けむり》の源には、大きな雲上馬車《ペーガ・ホイル》が停翔《ていしょう》しており、側面にはウィンダール帝室《ていしつ》の紋章《もんしょう》『王者の銀鷲《ヴォーグル》』が輝《かがや》いている。馬車から顔を出しているのはガレットだ。

——助かった！

額から流れる血液でほとんど視界がないまま、私は救護馬車へと必死に飛んだ。開け放たれた馬車の入り口に飛び込むと、即座《そくざ》にガレットが扉を閉め、車内にいたブッフォンが翼《つばさ》を張って私を受け止めてくれた。

次の瞬間《しゅんかん》、バチバチバチッと音を立てて、車外を虫の大群が通過していった。雷鳴《らいめい》のごとき轟音《ごうおん》、激しく揺《ゆ》れる車体。

虫の羽音が過ぎ去ると、少女がわんわんと泣き出した。「大丈夫《だいじょうぶ》、もう大丈夫だよ……」と少女の背中を優《やさ》しく撫《な》でる。救護馬車には、馬にも車体にも虫の嫌《きら》う薬液がたっぷり染《し》み込ませてあるので、馬車自体が襲《おそ》われる危険はない。飛翔士《ルーラー》に塗《ぬ》らないのは、薬液自体が人間の皮《ひ》膚《ふ》には刺激《しげき》が強いからだ。

「う……」

私は痛みに呻《うめ》いた。左目の上から流れ出した血液は、頬《ほお》をつたってボタボタと床《ゆか》に落ちる。

「じっとしてろ！」

ガレットが飛び込むように駆《か》け寄り、私の左目にゼリー状の薬をたっぷりと塗《ぬ》る。

「ぐ……うっ」

焼けたように顔が熱を帯び、ズキズキと痛む。彼は本職の医師もかくやというほどの、慣れた手つきで止血作業をしてくれた。左目を中心に包帯が巻かれ、顔面がいくらか圧迫《あっぱく》される。

「大丈夫だ、傷は浅いぞ……！」

力強い励《はげ》ましが耳元で響《ひび》く。

「いいか、しばらく休憩《きゅうけい》だ。もっと体の力を抜《ぬ》け」

――そうだ。

「焦《あせ》らなくていい。先は長いんだ」

――そうだった。

彼の声を聞きながら、胸の底に澱《よど》んでいたわだかまりが、少しずつ薄《うす》れていく。

――いつだって、そうだった。

初めて会った日のことを思い出す。見ず知らずの私を、彼は一晩中看病してくれた。丁寧《ていねい》に手当てをしてくれた。今までも、何度も、どんなときも、私を支えてきてくれた。帝室に直訴《じきそ》に行ったときでさえ、彼は迎《むか》えに来てくれた。

――私は何を迷っていたのだろう。

たとえ、ガレットとグロリアの関係がどうあろうと、彼は私の信頼《しんらい》できるパートナー。そのことに何の変わりもない。

「……ガレット」

私は彼の瞳《ひとみ》を見つめた。「なんだ？　どこか痛むか……？」と、琥珀色《こはくいろ》の瞳が私を心配そうに映す。肝心《かんじん》なところでひどく優《やさ》しいのは、この五ヶ月ずっといっしょだった。

「血が止まるまで休め。いいな」

「……うん」

素直《すなお》な気持ちで、私は返事をした。

左目に感じるうずくような痛みが、だんだんと和《やわ》らいでいく。それと呼応するように、私の胸の内にある硬《かた》くて冷たいものがゆっくりと融《と》けていく。

たくましい腕《うで》に体を預けながら、私は右目だけの視界で外を見つめる。係員が開けた扉《とびら》の隙《すき》間《ま》からは、大蝗《ホルバ》の群れがせっかちな雨雲《あまぐも》のように遠ざかって行くのが見えた。

○

再出発したのは、手当てを受けてから三十分後だった。

緩《ゆる》やかなペースで空を飛翔《ひしょう》する。さっきまでの張りつめていた気持ちが嘘《うそ》のように、私の気持ちは平静を取り戻《もど》していた。実際、止血に使われた氷嚢《ひょうのう》で、頭はだいぶ冷えていた。左目は負傷したけど、結果的にこれで良かったのかもしれないとさえ思った。

——前へ。

私は前を向き、ただ、翼《つばさ》を無心に羽ばたかせる。

——ただ、前へ。

グロリアとの差は気にしなかった。大差がついたことは間違《まちが》いないし、それがどれだけのハンデになるかも経験から理解している。それでもなお、今の私には迷いがなかった。

やがて、今日二番目の空点《ルーン》が見えてきた。田園《でんえん》地帯のど真ん中に堂々と陣取《じんど》るように建てられた大邸宅《だいていたく》——ティハール公爵《こうしゃく》第三別邸。周囲には観客席が花びらのように広がり、人々が私に向かって手を振《ふ》っている。

——あれ？

ふと、私はあることに違和《いわ》感を覚えた。空点である邸宅の壁《かべ》には『一位』の表示が吊《つ》り下げられている。本当なら二位に更新《こうしん》されていないとおかしい。

——係の人が忘れた……？

私はゆっくりと降下し、飛翔士《ルーラー》専用の休憩《きゅうけい》所に着地する。すぐにブッフォンも私の隣《となり》に下りる。

「どうだ、目の調子は……？」

間を置かずガレットが駆《か》け寄って来る。私は「大丈夫《だいじょうぶ》よ」と答える。左目は飛翔によりいくらか火照《ほて》ってはいたが、痛みはかなり引いていた。

「よし、昼飯を食ったらペースを上げるぞ」

「分かったわ」

午後からの巻き返しに、私は改めて闘志《とうし》を燃やす。そう、レースはまだ半分。これからが佳《か》境《きょう》だ。

そのときだった。

「ガレット・マーカス様はいらっしゃいませんか……！」

あたり一帯に響《ひび》くような大きな声で、一人の女性が叫《さけ》んだ。着ている制服から帝室《ていしつ》のスタッフに見える。ガレットが手を振《ふ》って「こっちだ！」と答える。

「どうした？」

彼が尋《たず》ねると、女性は真っ青な顔で「伝言がございます……！」と叫んだ。

「伝言……？」

「グロリア・ゴールドマリー飛翔士《ルーラー》が――」

その一言は、天覧飛翔会《グラン・ルーラ》の構図を粉々に破壊《はかい》した。

「先ほど墜落しま、い、い、いした」

【第六章】

彼との距離×彼女との距離

Garet

話はこうだった。

今日の昼近くまで、グロリアは順調に先頭を快翔《かいしょう》していた。しかし、第七空点《ルーン》まであと十分あまりというところで、急にスピードを上げた。いっしょに飛んでいた彼女のスタッフが後を追ったものの、四翼馬《ペーガ》の調子が悪く追いつくことができなかった。

だが、空点まで進み、スタッフは真っ青になった。先に行ったはずのグロリアが到着《とうちゃく》していなかったのだ。休憩《きゅうけい》や体調不良など、何かの理由で着陸しているなら、必ず目印の『狼煙《のろし》』が上がる。それがないということは、どこかに墜落《ついらく》した可能性が一番高かった——というよりそれしか考えられなかった。

「グロリアが、墜落……」

少女は信じられないという顔でライバルの名をつぶやく。

俺は帝室《ていしつ》の女性を問いつめる。

「救助はどうした！」

「た、ただ今、協議中の模様です……！」

女性は恐《おそ》れをなしたように緊張《きんちょう》して答える。

「なんで早く行かねぇんだ！」

「そ、それはその、皇帝陛下のご裁可《さいか》をたまわるまでは、なにぶん勝手に動くわけには……」

「ちょっと！　それじゃ誰《だれ》がグロリアを助けるのよ！」

そこで声を荒《あら》げたのはフリージアだった。しかし伝言役の女性は「それは……」と口ごもるばかりで、それ以上の言葉を口にできなかった。

——く……。

俺は拳《こぶし》を握《にぎ》り締《し》める。

本来なら、ゴールドマリー家の令嬢《れいじょう》が行方《ゆくえ》不明とあれば、即座《そくざ》に救助に入るはずだ。

しかし今は違《ちが》った。天覧飛翔会《グラン・ルーラ》——それは皇帝が並々ならぬ熱意を持って取り組む一大イベントだ。勝手なことをして、もし皇帝の逆鱗《げきりん》に触《ふ》れればどんな厳しい罰《ばつ》が下されるか分かったものではない。特にグロリア・ゴールドマリーという陛下の『お気に入り』をリタイア扱《あつか》いにするのは、現場の下《した》っ端《ぱ》役人の判断では到底《とうてい》できないことだった。

身動きが取れないまま、時間だけが過ぎようとしていた。グロリアつきのスタッフだけは探しに出かけたようだが、吉報はなく、さらなる救助隊が出る様子もない。

「ちきしょう……」

俺は歯《は》ぎしりをして地面を蹴《け》る。勅命《ちょくめい》を受けていたグロリアが、突然《とつぜん》の墜落。

——狙撃《そげき》。

嫌《いや》でも、その可能性が頭をよぎる。心配で胸がぐっと重くなる。

そのときだった。

「ガレット」

ふいに、フリージアが俺の名を呼んだ。

「……なんだ」


「グロリアを探しに行きたいんでしょ？」

その言葉に、俺は「……な、に？」と驚《おどろ》く。

「だって、顔にそう書いてある」

「何を言って……」

「ほら、早く。時間がないわ」

「馬鹿《ばか》。そんなことしたらおまえが――」

「大丈夫《だいじょうぶ》」

少女は強い眼差《まなざ》しで言った。その左目には分厚く包帯が巻かれ、うっすら血がにじんでいる。

「私は一人でも大丈夫だから。ちゃんと飛べるから」

「でもよ」

「私じゃ駄目《だめ》なの。私ではなく、あなたが助けに行かないと、駄目なの」

　ふと、少女は何かを思い出したように険しい顔になり、それからあえて自分の気持ちを押し殺すように唇《くちびる》を噛《か》んだ。

「だから、行って」

「しかし……」

　なおも躊躇《ちゅうちょ》する俺に対し、少女は強い口調で言った。

「お願い。彼女を助けて。きっと――」

　その言葉は俺の胸に突《つ》き刺《さ》さった。

「彼女も、あなたのことを待っている」

○

　四翼馬《ペーガ》を飛ばしながら、俺の脳裏にはグロリアのことが蘇《よみがえ》っていた。

　――何をしに来たんですか？

　たったの八歳足らずのくせに、プライドだけは一丁前《いっちょうまえ》で、いきなり相手を見下してきた少女。

　――私はお父様の人形ではありません。

　厳格な家のくびきに、必死に抗《あらが》っていた少女。

――私は……！　自分の力がほしいんです！　お父様の力でもない、家の力でもない、私自身の力を……！

最初はまったく気乗りがしない仕事だった。それは少女に出会ってますます強まった。さっさと理由をつけてやめてやろうと考えていたのに、気がつけば二年も少女とつきあっていた。幼い瞳《ひとみ》は、そのままプライドに見合った実力と美貌《びぼう》を身につけて、今や手のつけられないじゃじゃ馬になった。

それがグロリア。『ゴールドマリー』と名字で呼ぶと、表情に出さずに不機嫌《ふきげん》になる少女。クソ真面目《まじめ》で融通《ゆうずう》の利《き》かない少女。愛嬌《あいきょう》のない少女。

――どこだ……！

ブッフォンを駆《か》ること十分。俺はいったん手綱《たづな》を引き、馬を停翔《ていしょう》させる。周囲の光景を見渡《わた》し、彼女の手がかりを探す。眼下には鬱蒼《うつそう》と茂った林、情報によればこのあたりが墜落《ついらく》地点だ。

――待てよ。

周囲の景色に、ふと俺は見覚えがある気がした。そう、ここは確か、いつかの練習で俺と彼女がいっしょに飛んだ――

――ああ。

俺は彼女の居場所に思い当たり、進路をさらに南に取った。

練習の合間に取った休憩《きゅうけい》時間、彼女がお気に入りだった場所が、ここ――

小高い丘の上。

「グロリア……！」

俺は叫《さけ》んだ。丘の上には少女が座り込んでおり、俺の姿を見つけると驚《おどろ》いたように目を見開いた。そして、迷子になった幼い娘《むすめ》が父親を見つけたときのように、泣きそうな声で俺のことを六年ぶりにこう呼んだ。

「先生……」

○

痛々しく腫《は》れ上がった右足を、俺は丁寧《ていねい》に手当てする。骨折には至っていないようだが、決して軽くはない。

「先生……」

また、少女はかつての呼称で俺を呼んだ。「……なんだ」と俺は治療《ちりょう》の手を休めずに返す。

「どうしてですか？」

「あ？」

「なぜ、今、ここにいるのですか？」

その声は相変わらず抑揚《よくよう》に乏《とぼ》しかったが、不思議と今は冷たさを感じなかった。

「なぜって、おまえを探しに来たに決まってるだろ」

「ギガンジュームは？」

「先に行った」

「…………」

そこで少女は沈黙《ちんもく》した。驚《おどろ》きで言葉が出てこないように見えた。

手当てを続けながら、俺は質問を重ねる。

「なぜ、狼煙《のろし》を使わなかった？」

「救助を呼ぶなど一門の恥《はじ》だからです」

間髪《かんはつ》入れずに答えるその口調に、迷いは一切《いっさい》ない。「あのなあ……」と俺はあきれる。

「で、怪我《けが》の原因は？」

「…………」

「まさか勅命《ちょくめい》にかかわることか？」

「いいえ」

「じゃあなんだ」

「……大したことではありません」

「……」

俺はグロリアの顔を見つめる。満ち溢《あふ》れていた自信は今や影《かげ》も形もなく、代わりに頬《ほお》が強張《こわば》り、わずかに紅潮している。

——ん？

見れば、グロリアのイヤリングは片方だけなくなっていた。左耳には付いているのに、右耳にはない。

「イヤリング、どうした？」

そのときだった。びくりと、少女は体を緊張《きんちょう》させた。そっと自分の右耳に手を触《ふ》れると、

「……なくしました」と答えた。

「飛翔《ひしょう》中にか？」

「……はい」

「ひょっとして、イヤリングのせいで怪我《けが》したのか？」

「——！」

そこでグロリアは目を見開いた。

「違《ちが》います」

途端《とたん》に、瞬《まばた》きの回数が増える。嘘《うそ》が下手なところも変わっていない。

「イヤリングが外れそうになって、付け直そうとしてバランスを崩《くず》した。慌《あわ》てていたので着地

の際に足首をひねった」

「……違《ちが》います」

「嘘《うそ》つけ。おまえが八歳のとき、帽子《ぼうし》が落ちそうになって怪我《けが》したのと同じパターンだ」

「う……」

痛いところを衝《つ》かれた、というように少女は目を伏《ふ》せる。豪奢《ごうしゃ》な金髪《きんぱつ》が落ちかかり、顔が半分ほど隠《かく》れる。

「なんでまた、イヤリングを。いくらだって買えるだろう」

「………」

少女はしばらく目を瞬《またた》かせたあと「……言いたくありません」と答えた。

——やれやれ。

俺はあえてそれ以上は質問しなかった。一度答えないと決めたら、どんなに問いつめても絶対に口を割らない。昔からそうだ。

「よし、いいだろう」

俺は包帯を巻き終えて、足に当たらないように結び目を作る。

「……このお礼は、あとで望むものを」

「望むものねぇ……」

俺は立ち上がり、そっと、少女の左耳に触《ふ》れた。

「あ……」

「じゃあ、飛翔会《ルーラ》が終わるまで、このイヤリングは預かっておこう」

「どうして」

「おまえがまた、落ちないようにさ」

グロリアは目を瞬かせて、戸惑《とまど》ったように視線をさまよわせたあと、ぼつりと自信なさげにこう言った。

「……余計なお世話です」

○

太陽が山の端《は》に沈《しず》み、星空が満天に広がる。

「遅《おく》れてすまん」

俺はブッフォンを着地させると、開口一番そう謝った。かまどの火を焚《た》いていたフリージアは「……グロリアは？」と心配そうに尋《たず》ねた。

「もう聞いていると思うが、怪我は大したことない。明日も続行するそうだ」

「そう。良かったわ」

ライバルの無事に、少女は素直《すなお》に安堵《あんど》の表情を浮かべた。

あのあと、グロリアはレースに復帰した。負傷は決して軽くなかったが、そのスピードは衰《おとろ》えを見せず、前を行くフリージアを猛追《もうつい》した。最後は蹴散《けち》らすように飛翔士《ルーラー》たちをゴボウ抜《ぬ》きして、二位まで順位を上げた。フリージアとの差は時間にして十分弱。優勝圏《けん》内といえる位置だ。

「悪かったな、本当に」

「ううん、いいの」

「あとは俺がやる。おまえは休んでくれ」

「お願いするわ」

少女の前では、鍋《なべ》のスープがコトコトと湯気を立てていた。俺は少女の向かいに座り、火加減を見る。

「ほら」

「ん……」

俺がスープをよそうと、フリージアは小さくうなずいて受け取った。元気がないのはおそらく、疲労《ひろう》のせいだけではない。

静かに食事を続ける少女を、俺はじっと見つめる。闇《やみ》の中、炎《ほのお》を受けて浮かび上がる白い横顔は、永遠を閉じ込めた絵画のごとく幻想《げんそう》的な美しさを醸《かも》し出していた。ただ、その完璧《かんぺき》なほどの美貌《びぼう》ゆえに、左目に巻いた包帯と、そこににじむ血液がよりいっそう痛々しく感じられた。

「どうしたの……？」

俺の視線に気づいた少女が、ふと顔を上げる。

「いや」

俺は目をそらした。

炎を挟《はさ》んで、向かい合ったわずかな距離《きょり》。だが、俺には今、それがとても遠いものに感じられた。

——利敵行為《りてきこうい》。

そんな言葉が頭の中に浮かぶ。たとえいかなる理由があるにせよ、グロリアを助けて、フリージアの立場を悪くしたことに変わりはない。たぶん、今感じている距離は、俺自身の後ろめたさからくるものだった。

オスカー・ウイングバレットという正体を隠《かく》している。皇帝からの勅命《ちょくめい》を隠している。グロリアとの過去を隠している。少女のためと称《しょう》して、何もかも偽《いつわ》り続けてきた事実のなんと多いことか。そのことが、今日の一件がダメ押しとなって、俺と少女の間に致命《ちめい》的な『溝《みぞ》』となって表れたような気がした。

「……ごちそうさま」

「おう……」

夕食は静かに終わった。

ブッフォンは黙《だま》ったまま、寂《さび》しげに草を食《は》んでいた。

Freesia

ほう。ほう。

遠くから鳥の鳴き声が聞こえる。ただそれは何かを悼《いた》むような悲しげなメロディだ。

静かな夜。二人でいるのに、一人ぼっちな夜。

私は川のほとりで、静かに食器を洗っていた。ガレットからは早く休むように言われていたが、今は一人でテントにいると気が滅入《めい》りそうで嫌《いや》だった。こうして手を動かしているほうがまだ気が紛《まぎ》れる。

暗い林の中で、川の水だけは月明かりを映して綺麗《きれい》に光っている。手を切るような冷たい水の感触《かんしょく》も、今の私にふさわしいような気がした。少々、自罰《じばつ》的な気分なのかもしれない。

——良かったのよ、これで。

迷いを振《ふ》り切るように、皿を繰《く》り返し洗う。

——本当に？

でもすぐに、もう一人の私が囁《ささや》く。

——本当に良かったの？

グロリアが助かったのは良かった。レースに復帰し、すぐそこまで迫《せま》って来たことにも後悔《こうかい》していないし、むしろ望むところだと思う。だけど、胸に冷たい風が吹《ふ》き抜《ぬ》けるような空虚《くうきょ》な感覚はどうにも拭《ぬぐ》いがたかった。それは彼と別れて飛翔《ひしょう》している昼間から、ずっと感じていたものだ。

離《はな》れている。

コースを引き返したガレットと、先に進んだ私。あのとき、二人の距離《きょり》はどんどん離れていった。それは物理的に距離が離れたというだけでなく、私には心の距離そのものが離れていったような気がした。

風を切って、私は空を飛んだ。もう前にグロリアはいなかった。後から追って来る者もいなかった。そして――ガレットもいなかった。

一人。ただ一人ぼっちで、私は飛んだ。それはまるで翼《つばさ》を失ってから一人で放浪《ほうろう》を続けたあのころの再現のようだった。

ショックだったのだ。

自分で「行け」と促《うなが》したくせに、いざ彼が行ってしまうとショックだった。あのとき、グロリア墜落《ついらく》の一報を聞いた彼は、本当に苦しそうな顔をしていた。ガレットとグロリア、二人の間に並々ならぬ信頼《しんらい》関係――たぶんそれは友人知人を超《こ》えた『絆《きずな》』のようなものがあることを、私は明確に感じ取った。だからこそ、私はあのとき彼の背中を押した。ここで助けに行かなかったら、彼は一生後悔《こうかい》するだろう。そんな予感があった。

――あーあ……。

私は白い息を吐《は》く。何度も洗っている食器の汚《よご》れはとうに落ちて、気づけば引っ掻《か》き傷がついていた。

――なに、やってんだろうな、私……。

望むとおりに行動したのに、結果はまるで望ましくない。そんな自分自身の行動が理解不能で、言いようのない徒労感を覚えた。

優勝して、家を再興し、妹といっしょに暮らす――ただそれだけを追い求めてきたはずなのに、今は彼の顔ばかりが目の前にチラついた。この土壇場《どたんば》でレースに集中できていない自分が情けなくて、ますます自己嫌悪《けんお》は深くなった。

そのときだった。

見上げた月を、何か大きなものが遮《さえぎ》った。

それは月よりもまぶしく、まるで闇夜《やみよ》に浮かんだ太陽のような――

「グロリア……」

○

黄金の翼《つばさ》は豊かに風を孕《はら》み、川面《かわも》にはその風を受けた波紋《はもん》が広がる。

水面からわずかに浮いた場所で、グロリアは私を見下ろした。

「何をしに来たの……？」

知らず、言葉がとげとげしくなる。彼女は今、最も会いたくない人物だった。

グロリアは冷たく青い瞳《ひとみ》を私に向けると、抑揚《よくよう》のない声で尋《たず》ねた。

「あなたこそ、こんなところで何をしているのかしら？」

「お皿を洗っているのよ」

「……皿」

彼女は私の手元に視線を落とした。たぶん、生まれてから一度も皿を洗ったことのない彼女には、珍《めずら》しい行為《こうい》に見えるのかもしれない。

ふと、私は彼女の右足が怪我《けが》をしているのに気づいた。足首に巻かれた包帯。

「それ、今日の……？」

本当は会話などしたくなかったが、それでも気になった。

グロリアは足を一瞥《いちべつ》すると、静かに「彼が巻いてくれたの」と答えた。それは予想された答えだったが、やはり私の胸はざわついた。

「それで、何の用……?」

早く、この場を終わらせたかった。これ以上、彼女と話をするのは――特に彼のことを話すのは苦痛だった。

「教えておく」

「え?」

そこで彼女は、急にこんなことを切り出した。

「――彼は『先生』なの」

一瞬《いっしゅん》、何を言われたのか分からなかった。

「先生……?」

「そうよ。私が八歳のときに、ゴールドマリー家に雇《やと》われた家庭教師。飛翔士《ルーラー》を目指す私は、彼から飛翔《ひしょう》を習った」

初めて聞くガレットの過去に、私は驚《おどろ》きを禁じえない。ガレットが、あの名門ゴールドマリー家の、家庭教師。そのあまりのギャップに想像力が追いつかない。

その後もグロリアは、事務的な口調でガレットに関する過去を述べた。なぜ彼女がそんなことを教えてくれるのかまったく理解できないまま、私は呆然《ぼうぜん》と話を聞く。

「――というのが、彼の過去」

一分ほど低い声で『報告』すると、彼女は口を閉じた。ガレットが飛翔士を引退した理由は、野生の巨大猛禽《きょだいもうきん》から子供を助けた際に、翼《つばさ》に重傷を負ったからであること。顔面の傷も、左足が義足になったのも、このときの怪我《けが》が原因であること。そして、そのとき助けた子供がクローバー・テクトラムという少年で――私の知ってるあのクローバーだ――少年の両親が恩返しのためにアキレス亭《てい》を紹介《しょうかい》したこと。矢継《やつ》ぎ早《ばや》に明らかになる事実に、私はただただ翻弄《ほんろう》される。

「どうして……？」

私は率直《そっちょく》に疑問を口にした。

「どうして、今、そんなことを私に教えるの？」

「愚問《ぐもん》ね」彼女はあきれたように告げた。「この半年間、先生から何を教わってきたの……？」

「え……？」

「先生はね、本来あなたのような人間といっしょにいるべき人ではないの」

それは吐《は》き捨てるような口調だった。だが、彼女が発する「先生」という言葉は、どこか深い情感が込められていた。

「あなたも先生の教え子なら――」

彼女はそこで初めて、私と同じ高さに下りた。足先をつけた水面に波紋《はもん》が広がり、それは私の元へと寄せてくる。

「――その名誉《めいよ》に恥《は》じない飛翔《ルーレ》を見せなさい」

そう言うと、彼女は翼《つばさ》を大きく広げた。

「あ、待って――」

私が呼びとめようとしたときには、もう彼女は夜空へと飛び去ったあとだった。

――励《はげ》ま……された……？

はらりと、黄金の羽が一枚、川面《かわも》に落ちて、笹舟《ささぶね》のごとく流されて行った。

○

「遅《おそ》いから心配したぞ」

テントに帰ると、ガレットが待っていた。焚《た》き火《び》の前では雪の翼が白い光沢《こうたく》を放っており、どうやらメンテナンスの最中のようだった。

「……ごめん」

「おまえ、皿はどうした」

「あ……」

私は自分が手ぶらで戻《もど》って来たことに気づく。

「取ってくる」

「馬鹿《ばか》、いいよ。食器はまだあるし、明日俺が片づける」

「でも」

「いいからもう寝《ね》ろ。明日が最終日だって、分かってるのか？」

「もちろんよ」

「じゃあ早く寝ろ」

「あなたは心配性ね。まるで――」

――先生みたい。

そんな言葉が思い浮かび、私は妙《みょう》におかしくなった。

私がクスリと笑うと、彼は怪訝《けげん》そうな顔になった。

「あ？　なんだ急に」

「ううん、なんでもない」

不思議と、自分の気持ちが軽くなっているのに気づく。それはきっと彼女のおかげだった。

「じゃあ、もう寝るね」

「おう、寝ろ」

――あなたも先生の教え子なら、その名誉に恥じない飛翔を見せなさい。

「教え子、か……」

テントに入る前、私は小さな声で、彼の背中にこうつぶやいた。

「おやすみ、先生」

最後の夜は、こうして終わりを告げた。

【第七章】

最後の日×決着の日

Garet

風が強かった。

「そろそろね」

少女がつぶやくと、それに答えるように赤い髪《かみ》が強風で燃え上がった。

「そうだな……」

俺も感慨《かんがい》深く答える。今日で最後だと思うと、この数ヶ月がひどく短かったような気がした。

「ゴール前は風が強い。特に『大神の翼《つばさ》』を過ぎたあたりは突風《とっぷう》に気をつけろ」

「分かったわ」

「あとは――」

二、三の注意事項を確認《かくにん》すると、あとは話すことがなくなった。

空が白み始める。ゴールまでは残り半日足らず。長かった天覧飛翔会《グラン・ルーラ》も昼前には決着する。

「ねえ」

フリージアは何気ない調子で言った。

「私、決めたことがあるの」

「なんだ」

「昨夜《ゆうべ》、ずっとあなたのことを考えていた」

「……俺のこと？」

唐突《とうとつ》にそんなことを言われて、俺は戸惑《とまど》う。

「あなたがどこで生まれて、どんなところに住んで、どんなふうに生きてきたのか——考えてみたの。でも、どんなに考えても、分かるのは表面的なことばかりで、肝心《かんじん》なことは何も分からなかった」

「………」

「半年近くもいっしょに暮らしてきたのに、私、あなたのことを全然知らない」

そこでフリージアは俺を見上げた。

「だから私、あなたのことをもっと知りたい」

まるで愛の告白のような言葉に、俺は返事をするのも忘れて少女を見入った。赤く、強く、大きな瞳《ひとみ》が、俺をまっすぐに、純粋《じゅんすい》に映している。吸い込まれそうだ。

あなたのことをもっと知りたい——その言葉を受けて、俺の胸にはある一つのことが浮かぶ。

少女が知らない、俺の正体。

「だめ……？」

少女の顔が不安そうに曇《くも》る。

俺は一拍《いっぱく》だけ間を置いたあと、「……分かった」と答えた。

「飛翔会《ルーラ》が終わったら、ゆっくりと話そう。……まあ、大して面白《おもしろ》い話はないけどな」

するとと少女は、安心したように口元をほころばせ、「ありがとう……」と言った。その瞳《ひとみ》は濡《ぬ》れた紅玉《こうぎょく》のように美しく光を帯び、その中で俺の姿がゆらゆらと揺《ゆ》れる。

また、胸に痛みを感じた。

——本当のことを知れば。

きっと、この瞳は陰《かげ》るだろう。今までの関係を保つことはできないだろう。俺のメッキは剝《は》がれて、少女は失望する。そうなることは前から分かっていたのに、結末を想像すると焦《あせ》ったように心臓が嫌《いや》な音で鳴った。

それからしばらく、俺たちは黙《だま》ったまま、お互《たが》いを見つめ合った。フリージアはまっすぐに、汚《けが》れを知らない無垢《むく》な瞳で俺を見つめる。その視線が今は痛い。

そして。

パーンッ、と二人の仲を切り裂《さ》くように、乾《かわ》いた銃声《じゅうせい》が空に響《ひび》いた。

「じゃあ、行ってくるわね。……先生」

レース前とは思えぬほど、少女は穏《おだ》やかな顔で言った。何かを覚悟《かくご》した表情。俺は一瞬《いっしゅん》、少女の影《かげ》が薄《うす》くなったような気がして、言葉をかけるのが遅《おく》れた。

「あ？　今、なんつった……？」

「ううん、何も」

そしてフリージアは、俺の両肩《かた》にそっと手を載《の》せた。俺は少しかがむと、少女の腰《こし》を持ち上げるように両手で支える。

「「飛翔《ルーレ》！」」

二人のかけ声が重なった瞬間《しゅんかん》、少女は大空へと飛び立った。
そして少女は、林の向こうに消えた。

Freesia

最終日の戦略は、得てして単純だ。
残り時間も少ない。残りの体力も少ない。明日に備える必要もない。
――だから。
私は飛んだ。
――速く！
赤い髪《かみ》を振《ふ》り乱して向かい風を切り裂く。
――ただ、速く！

ハイペースで飛ばす。空を覆《おお》っていた分厚い雲は力をなくし、代わりにまぶしい太陽があたりを燦々《さんさん》と照らす。

——もっと、もっと速く!!

私は加速した。残りの体力をすべてつぎ込んだ。眼下に広がる田園《でんえん》地帯が青々と実りをあげ、世界は暖かな陽気に包まれる。いよいよゴールのある西海岸が近づいて来たのだ。

——あと少し……!

心臓が乱打する。

——あと、少しで、ゴール……!

景色の移り変わりから、残りの距離《きょり》を判断する。水車小屋の群れに、カラス麦の段々畑。ゴールまであと三時間。

やがて、血管のように細かった川が合流するポイントに出た。あと二時間を切る。いよいよゴールが近い。

と、思ったときだった。

気配を感じた。

肌《はだ》に戦慄《せんりつ》が走る。距離があっても分かる、飛翔士《ルーラー》の本能——いやそれは、あらゆる生物に備わった本能。

わずかに振《ふ》り向いて、私は戦慄の源を探した。遠くの空に光っているのは、黄金の翼《つばさ》、流れる金髪《きんぱつ》、すべてを射抜《ぬ》く青い瞳《ひとみ》――

――負けない……っ！

私は自分自身を鼓舞《こぶ》し、さらに加速する。オーバーペースによる消耗《しょうもう》は激しかったが、それでも体力を振り絞《しぼ》って翼の回転を上げる。

体の底から力が湧《わ》き上がってくるようだった。ライバルが近づくほどに、不安よりも、焦《あせ》りよりも、闘志《とうし》のほうが燃え上がった。

――羽をもがれた蝶《ちょう》は、芋虫《いもむし》に戻《もど》れるのかしらね。

傲慢《ごうまん》だけど、

――あら、足りないの？

気に入らないけど、

――その名誉《めいよ》に恥じない飛翔《ルーレ》を見せなさい。

私の最大最強のライバル。

ブワッ、と大きな風が背後で巻き起こった。私を飲み込むように影《かげ》が覆い、そして――

――させない……！

並ばれた瞬間《しゅんかん》、私はスピードを上げた。グロリアを引き離《はな》し、精いっぱいのリードを保つ。

それからは同じことが続いた。

彼女が近づく。私は引き離《はな》す。また彼女が近づく。また私は——繰《く》り返される二人の戦いは、傍《はた》から見れば何かの遊戯《ゆうぎ》のように見えたかもしれない。お互《たが》いのプライドをぶつけ合う、世界最高峰《さいこうほう》の飛翔《ひしょう》遊戯。

「う……くっ」

グロリアの声が聞こえる。乱れた息は、私だけでなく彼女も苦しいことを物語っていた。私は好機とばかりにスピードを上げる。だが、それでも彼女は食らいついてくる。

——すごい。

今日は終始ハイペースで飛ばしてきたのに、こうして彼女は追いついて来た。その消耗《しょうもう》は普通《ふつう》ではないはずだ。無尽蔵《むじんぞう》ともいえるグロリアの体力に圧倒《あっとう》されながらも、私は歯を食いしばって翼《つばさ》を羽ばたかせた。雪の翼は風を孕《はら》んで私に推進力《すいしんりょく》を与《あた》える。だが、それは今までになく重く感じる。限界が近い。息が乱れる。胸を突《つ》き上げる鼓動《こどう》は隠《かく》しようもない。

眼下には、エメラルドに光る巨大《きょだい》な湖——残り三十分。

それを機に、グロリアはさらにスピードを上げた。私も懸命《けんめい》にスピードを上げるが、今度は彼女のほうが上手《うわて》だった。どこにそんな余力が、と思うほどの加速を重ね、私と並び、ついには追い抜《ぬ》かして行く。

——くぅ……っ！

やがて、飛翔会《ルーラ》最後の空点《ルーン》が見えてきた。帝城《パレスール》に匹敵《ひってき》する帝国《ていこく》最大級の高層建築物、ウィンディア大聖堂が私たちの前にその威容《いよう》を現す。天空を突き刺《さ》して聳《そび》え立つ大聖堂は、陽光を反射して目に焼きつくような黄金色の輪郭《りんかく》で空を切り取っている。

私たちは大聖堂に向かって突っ込んでいく。建物の最上部には『大神の翼』と呼ばれる、天を刺《さ》すような巨大な翼の彫刻《ちょうこく》があり、この『翼』をぐるりと回って行くのが飛翔会のルールだった。

「うあああああっ！」

グロリアが獣《けもの》のごとく吠《ほ》えて、さらにスピードを上げた。体ひとつ分、私の前に出てブロックを試みる。『大神の翼』を回り込むタイミングで一気に私を引き離そうという狙《ねら》いだ。

——この……っ！

ここが勝負どころだった。大聖堂を過ぎければ、ゴールのある西海岸まで一直線となる。スタミナ切れの私にとって、ここでリードを許すと逆転は厳しい。

「ああああああっ！」

気合いを入れて、翼に力を込める。生身の翼だけでなく、雪の翼も酷使《こくし》に耐《た》えかねてギシギシと悲鳴を上げる。吹《ふ》きつける強い風が私の赤い髪《かみ》を燃え上がらせる。大聖堂は見る見る近づく。私たちは並んだまま突っ込んでいく。

——今だ！

そこで私はわずかに高度を下げ、滑《すべ》り込むようにグロリアの下へと移動し、彼女の右側《がわ》――つまり『内側』へと入り込んだ。

――もらった！

大聖堂の『翼《つばさ》』をギリギリのところで旋回《せんかい》する。グロリアは接触《せっしょく》を恐《おそ》れ、やや外側を旋回する――

それが明暗を分けた。

カッ、と右翼《うよく》の先端《せんたん》――雪の翼が『大神の翼』と接触した。

――まずい！

と思ったときには世界が回る、回る、回る――

――うわわわ！

私はクルクルと錐揉《きりも》みし、空を落ちる。しかしすぐさま翼を広げ、回転速度を殺し、バランスを取り戻《もど》す。

「あ……っ！」

翼を動かした瞬間《しゅんかん》、私は大きな違和《いわ》感を覚えた。見ると『雪の翼』の先端部分がぺっきりと折れ曲がっていた。

――くっ！

私は無理やりに翼を羽ばたかせて前に進む。しかしスピードはさっきまでに比べて格段に落ちた。目の前では黄金のライバルがあっという間に遠ざかって行く。

――うう……っ！

土壇場《どたんば》で私は追いつめられた。今から修理したら絶対に間に合わない。

こんなとき、ガレットならどうするだろう、どんな作戦を思いつくだろう――私は傷ついた翼で飛翔《ひしょう》を続けながら、最も信頼《しんらい》するパートナーのことを思い出して必死に思考を巡《めぐ》らせた。ギシギシと音を立てる雪の翼がガレットの義足の音に聞こえた。グロリアはもう黄金の点にしか見えない。

そのときだった。

――ゴール前は風が強い。

――あ……!!

――突風《とっぷう》に気をつけろ。

風を感じた。

背後から突《つ》き上げるような、強い風を。

○

この世界に運命の女神がいるとすれば、今、彼女は私に微笑《ほほえ》みかけている。

突然《とつぜん》の強風だった。ガレットが注意していたとおりの、ゴール前の突風。

私は風に乗った——いや、この風にすべてを懸《か》けた。気を抜《ぬ》けば吹《ふ》き飛ばされそうな猛烈《もうれつ》な風、その流れに身を任せ、ぐんぐん高度を上げていった。

——速さを！

目いっぱいの力で翼《つばさ》を羽ばたかせ、風の加速と翼の加速を掛《か》け合わせる。

——とにかく速さを！

気流に乗って、たとえ最短距離《きょり》から外れようとも加速を続ける。高度と速度は短時間に急激に上がる。このままゴール近くまで上昇《じょうしょう》を重ね、それから急降下して空を斜《なな》めに突《つ》っ切ってゴールに飛び込む。そういう飛翔《ひしょう》方法でしか私が逆転する目はない。上昇気流の影響《えいきょう》で義翼《ぎよく》はガタガタと震《ふる》えて悲鳴のような音を発した。

——お願い、間に合って！

緑の平原が目に入ると、私に残された時間はあとわずかになった。

「ウアアアアアァ————ッ！！！！」

私は獣《けもの》のように叫《さけ》び、さらに速度を上げた。体に残されたすべての力を振《ふ》り絞《しぼ》って、翼に鞭《むち》を打つ。義翼のキイキイという甲高《かんだか》い音がますます強くなり、風圧で反対側《がわ》にめくれるような危険な曲がり方を見せる。しかし私は加速だけを追い求めた。真っ赤な髪《かみ》が顔の前を乱舞《らんぶ》し、轟々《ごうごう》という風切り音が鼓膜《こまく》を痛いほどに震わせる。土壇場《どたんば》で運命の女神はさらに微笑《ほほえ》み、風は強さを増して背中を押してくれた。真紅《しんく》と純白をまとった光の矢となって私はゴールへと突っ込んでいく。

そしてついに――

――いた！

眼下には、黄金の光矢《こうし》と化したグロリアが一直線にゴールを目指しているのが見えた。それは先ほどに比べればかなり速度が落ちていた。彼女も限界なのだ。

やがて海が見えると、付近を埋《う》め尽《つ》くす大観衆が一様に両手を上げて私たちを迎え入れた。

――今だ！

私は翼の角度を変えて、今までの上昇《じょうしょう》スタイルから一気に急降下へと切り替《か》えた。風の力に加えて、今度は重力まで味方につけてゴールラインに向かって突撃《とつげき》する。義翼《ぎよく》からひしゃげるような音がして、細かな破片が散り出す。何枚かの羽が取れて後方に吹き飛んでいっても、私は急降下をやめなかった。すべてはこのときのために積み重ねてきたのだ。今はただ翼がゴールまで持ちこたえてくれることを願うだけだった。雪の翼が風圧に耐《た》えかねて次々に羽を散らしていく。先頭を翔《か》ける黄金のグロリアに、私は天空からの砕《くだ》け散る流星となって襲《おそ》いかかる。

二本の光矢がゴール前で交わるときが決着の瞬間《しゅんかん》だった。大観衆の声援《せいえん》と、踏み鳴らされる幾万《いくまん》の足音、大地は地鳴りのごとく震え、風圧はすべての音を乱雑に掻《か》き回し、興奮のるつぼの中へ、光の矢と化した私たちが突《つ》っ込んでいく。

——届けぇぇぇっ‼

猛《もう》スピードの視界は狭《せば》まるばかりで、風が頬《ほお》を切るように痛かった。近づくゴール、眼下の
グロリア、そして悲鳴を上げる雪の翼《つばさ》。

——間に合え、間に合えぇぇぇぇぇぇっ‼

心の中で絶叫《ぜっきょう》する。グロリアが目の前に迫《せま》る。私はついに黄金の翼を捉《とら》え、彼女と折り重なるように並び、そして抜《ぬ》き去った。

「うあああっ！」

しかしグロリアも負けていなかった。すぐにスピードを上げ、私を抜き返す。その底力に私はブルッと胸が震《ふる》えた。

そのときだった。予想だにしないことが起きた。パァーンッ、と乾《かわ》いた音が響《ひび》いて——
グ、ロ、リ、ア、が、弾、け、た。

○

——え……⁉

何が起きたのか分からなかった。

ゆらゆらと、ひどくゆっくりした動きで――私にはそう見えた――グロリアはバランスを崩《くず》した。黄金の羽が、寿命《じゅみょう》の尽《つ》きた花のように何枚も何枚も散って、それは黄金の光線を幾重《いくえ》にも描《えが》いて、彼女の周囲を彩《いろど》る。

――何？　何？　いったい何が起きたの……⁉

私は愕然《がくぜん》としながら、落ちていくライバルを見つめる。彼女の体がガクンと脱力《だつりょく》し、折れ曲がり、その手がもがくように宙を掻《か》く。白い右腕《うで》はまっすぐに私のほうを向いていて、まるでそれは助けを求めているかのように――

「グロリア……ッ！」

気づいたときには、もう私は行動を起こしていた。翼を広げ、ブレーキをかけ、無理やり体をひねって急降下した。

「グロリアァァァ――ッ！」

私は懸命《けんめい》に叫《さけ》ぶが、彼女はだらりとした体のまま一直線に落ちていく。私はなかば破損した雪の翼を無理やり動かし、彼女へと近づく。

レースを続行していればゴール、優勝、栄冠《えいかん》――そうすればすべてが報《むく》われるのに、私にはできなかった。ついさっきまで優勝争いをしていたはずなのに、こうしてライバルを助けようと躍起《やっき》になっているのが我ながら不思議だった。

――あと少し！

必死に彼女を追う。グロリアはまだ意識が戻《もど》らない。あと少し、もう少し！　私は翼《つばさ》を動かして懸命《けんめい》に手を伸《の》ばす。

――届いた……っ！

やっとグロリアに追いつく。激突《げきとつ》しないように慎重《しんちょう》に近づき、彼女の体を正面から抱《だ》き締《し》める。だらりとした体はひどく重く感じたが、全力で翼を羽ばたかせて落下スピードを殺す。何とか停翔《ていしょう》体勢に持ち直す。私は荒《あら》い息を弾《はず》ませながら、心底ほっとした。グロリアを助けてこんなに嬉《うれ》しい自分の感情が不思議だった。

「ウ……ッ」

腕の中で彼女がうめいた。「大丈夫《だいじょうぶ》……!?」と私はすかさず声をかける。彼女の黄金の翼からは赤いものが滴《したた》っている。

――ひどい出血……！

彼女の傷の具合を見ようとした、そのときだった。

「放せ……っ！」

グロリアは鋭く叫《さけ》び、私の胸を突《つ》き飛ばした。「グッ！」と胸を押さえる私、猛禽《もうきん》のようにこちらを睨《にら》みつけるグロリア。傷ついた翼を強引に動かし、顔を歪《ゆが》ませながらも彼女は再び飛《ひ》翔《しょう》体勢に入る。

──まさか、続行する気……⁉

「待ってグロリア！」

私は必死に叫び、彼女を追う。

「無茶よ！　そんな怪我《けが》で……！」

するとグロリアは血で染まった金髪《きんぱつ》を振り乱して「うるさい！」と叫んだ。

「あなたには絶対負けない……っ！」

──！

彼女のすさまじい剣幕《けんまく》に押された私は、わずかに動きが止まる。その隙《すき》にグロリアは再びゴールを目指した。よたよたと、覚束《おぼつか》ない体勢で、負傷した翼を懸命《けんめい》に動かす。もちろんスピードが出るわけがない。

「待って！」私は彼女を追う。「出血がひどいわ……！　だから駄目《だめ》！　やめて！」

私の言葉は届かない。グロリアは血だらけのままに、前へ前へと進む。その執念《しゅうねん》に私は鳥肌《とりはだ》が立つ。でも、このままじゃ、このままじゃ、また……！

「グロリア！」

考えるより前に、体が動いた。私は全力で壊《こわ》れかけの義翼《ぎよく》を羽ばたかせ、グロリアの前に躍《おど》り出る。「どきなさい……！」と叫ぶグロリアに、私はなおも説得を試みる。

「このままじゃ落ちるわ！」

「かまわない……！」グロリアは鬼《おに》のような形相《ぎょうそう》で叫《さけ》ぶ。「負けるくらいなら死ぬ……！」

それは恐《おそ》ろしいまでの気迫《きはく》だった。

「グロリア、聞いて――」

そのときだ。悲劇は繰《く》り返された。パァンッ、と高い音が耳をつんざいて――


衝撃《しょうげき》が襲《おそ》った。

やられた、と思ったときには遅《おそ》かった。衝撃と同時に、鼓膜《こまく》が圧迫《あっぱく》され、一瞬《いっしゅん》だけ生まれた無音の世界の中で、私は右の翼《つばさ》に目を向ける。雪の翼は、花火のように粉々に炸裂《さくれつ》し、銀色の細かな破片を散らしている最中だった。キラキラと光る粒《つぶ》が、残像となって光の線を引き、雪解《ど》けの粒のように、濡《ぬ》れたような光を放ちながら形を失っていく。いっぺんに体が重くなり、落下速度は徐々《じょじょ》に増し、私の心にも恐怖《きょうふ》が芽生え、ああ、二年前と同じだ、また、落ちる、落ちる、ひしゃげる、失う、夢も、希望も、すべてを失った二年前に引きずり戻《もど》される――虚空《こくう》を手が摑《つか》む、しかしそれはむなしく宙を掻《か》き、翼を動かそうとしても、もう雪の翼は原型がなく、そしてさらに加速――死ぬ、ああ死ぬ――砕《くだ》け散った翼の破片を見送りながら、私はまっさかさまに落下し、悪夢の渦《うず》に飲み込まれながら、ああ、助けて、いやだ、墜落《ついらく》は嫌《いや》だ、また失うのは嫌だ、誰《だれ》か、誰か、助けて――錐揉《きりも》みのように体が回転し、それはますます加速し、めまぐるしい視界に意識が揺《ゆ》さぶられ、恐怖《きょうふ》と動悸《どうき》で頭が真っ白になり、今までの思い出が駿馬《しゅんめ》のごとく駆《か》け巡《めぐ》り——ガレットに会った日、グロリアに再会した日、義翼《ぎよく》で飛べたあの日、皇帝《こうてい》に逆らった日、アキレス亭《てい》での暮らし、幸せな日々、駆け巡る思い出の数々は、翼片のごとく砕《くだ》け散って、私から遠ざかっていき、胸中で渦《うず》巻く思い出は、つらかったことも、悲しかったことも、ひどかったことも、痛かったことも、哀《かな》しいことも、嬉《うれ》しいことも、涙《なみだ》といっしょに、私からこぼれ落ち、人生が凝縮《ぎょうしゅく》された、最後の最後、残された一瞬《いっしゅん》の、そのとき——

ブッフォアアアアアアアアアアアアアアァァァ————ッ！！！！！！！

――あ……！

私はそれに気づいた。

揺《ゆ》れ動く視界で、瞳《ひとみ》に飛び込んで来たのは、

――うそ……！　なんで……！

天空を翔《か》ける騎士《きし》のごとく、白馬を駆《か》って、

――ああっ……！

その人は、翔ける白馬の鞍上《あんじょう》で、雄々《おお》しく立ち上がり、太陽を背にして白銀の翼《つばさ》を広げ、風に弾《はじ》ける長髪《ちょうはつ》は美しく輝《かがや》き、そう、あれは忘れもしない、幼いころに見た、少し怒《おこ》ったような鋭角《えいかく》的なフォルム、その白銀のシルエットは――

――おまえ、飛びたいのか？

重なる思い出と、驚愕《きょうがく》の真実に翻弄《ほんろう》されながら、私は無我夢中で手を伸《の》ばす。猛烈《もうれつ》なスピードで落下する中、私の手が、彼の手と触《ふ》れ合い、結ばれ、その胸に抱《だ》き寄せられ――

――じゃあ、俺が教えてやるよ。

「摑《つか》まってろ！」

彼は白銀の翼を大きく広げて落下スピードを殺しにかかった。体をひねるようにして垂直《すいちょく》落下を少しずつ水平飛翔《ひしょう》に持ち込む。銀色の髪《かみ》は私の前で優勝旗のごとく激しく揺《ゆ》れる。

事態が理解できなかった。だが、私は彼の胸にギュッとしがみつき、すべてを任せた。そし

て私たちは抱き合ったまま、風の中を突《つ》っ切って、二人でゴールラインを越《こ》えた。

しかし、落下時の勢いはいまだ衰《おとろ》えなかった。彼は翼を大きく開いたままの体勢で地面すれすれを這《は》うように進む。前方に見える観客席が大騒《おおさわ》ぎになり、波が割れるように観衆が左右に避《さ》けていく。

「く！」

ブレーキをかけるために、彼は自分の左足を大地に叩《たた》きつけた。ギャリギャリッ、と激しい金属音とともに激烈《げきれつ》な火花が大地に縦線を走らせる。

「があああああっ‼」

彼は叫《さけ》びながら、私を抱く腕《うで》に力を込めた。私も必死に彼にしがみつく。地面につけた彼の足から猛烈《もうれつ》な火花が飛び散り、金属の摩擦《まさつ》音が鼓膜《こまく》をつんざく。

やがて、彼の左足――見覚えのある『義足』は、膝《ひざ》から無残に引きちぎれ、後方へと吹《ふ》き飛んでいった。

そして。

彼は翼を広げたまま、砂地の上にドンッと落ちた。私は彼の体にしがみついたまま、二度、三度と砂浜の上を跳《は》ね、彼の体に重なるように着地した。

Garet

目まぐるしく乱舞《らんぶ》した世界が、唐突《とうとつ》に収束すると、今度は一転して静寂《せいじゃく》に包まれた。

俺たちは観客席のど真ん中に横たわっていた。

心臓が乱打し、体が燃えるように熱い。だが俺は、打ちつけた体の痛みよりも、何より少女が助かったことに深い安堵《あんど》を覚えていた。

「あ、あなた……」

フリージアの声がした。視線を向けると、少女が呆然《ぼうぜん》とした顔のまま俺のことを見つめていた。着地した際のはずみなのか、俺の腹部に馬乗りになったままだ。

至近距離《きょり》で見つめ合いながら、少女はもう一度、口を開いた。

「オスカー……なの？」

その顔は驚《おどろ》きに満ちており、大きな瞳《ひとみ》がとても信じられないというように見開かれていた。

まさかそんなはずはない、というようにその体はかすかに震《ふる》えている。

——終わりだな。

俺はわずかに息を吸い、一息に告げた。

「そうだ。俺がオスカー・ウイングバレットだ」

すると、フリージアは木枯《こが》らしのようにヒュウッと息を飲み、絶句した。

時が止まったようだった。

俺は少女をじっと見つめる。少女の瞳にも俺が映る。その美しい瞳が、思い出したようにする瞬《まばた》きだけが、時の経過を刻んでいた。

「……ウソ」

少女はぽつりと漏《も》らした。

「だって、オスカーは――私の、オスカーは――」

揺《ゆ》れる瞳に失望の色を見た俺は、胸に痛みを感じた。どうして黙《だま》っていたのか。どうして騙《だま》していたのか――この次に来る非難の言葉を覚悟《かくご》した。

「今まで黙っていて、すまない」

そう告げると、少女は恐《おそ》れたようにビクリと震えた。

「がっかりさせてごめんな」

その言葉に、少女はゆるゆると首を振《ふ》った。俺は少女の反応の意味するところが汲《く》み取れず、それ以上言葉を継《つ》ぐことができなくなった。

フリージアは震えていた。俺の胸に置いた手のひらが、ぶるぶると小刻みに動き、胸中の動《どう》揺《よう》がそのまま伝わってきた。

「……私」

そっと、少女は口を開いた。まるで独《ひと》り言《ごと》のように小さな声だった。

「私ね、あの、えっと……ううん、むしろ、えっと、その、私——私ね——」

少女はしどろもどろになりながら、必死に何か言おうとしていた。思いの丈《たけ》を吐《は》き出すように身を乗り出す。

「私——」

そのときだった。

轟音《ごうおん》が俺たちを襲《おそ》った。

それはいっぺんに何かが弾《はじ》けたような大歓声《だいかんせい》と、拍手《はくしゅ》の嵐《あらし》。

——な、なに……!?

俺は驚《おどろ》いて周囲を見る。地鳴りのような大歓声が雨あられと頭上に降り注ぐ。フリージアも言葉を飲み込み、何事かとあたりを見回す。

——なんだ？　何を騒《さわ》いでいる……!?

俺たちが呆気《あっけ》に取られていると、空からは太陽を背にして、水色の翼《つばさ》が舞《ま》い降りてきた。

「陛下……」

フリージアが声を漏《も》らす。

皇帝《こうてい》マリア・ウィンダールは、いつもの黒髪《くろかみ》の護衛を従えて、砂浜にゆっくりと舞い降りた。

「ウイングバレット」マリアは俺を見下ろした。「今までにない面白《おもしろ》いレースが見られる――おぬしはそう言ったな？」

「……御意《ぎょい》」

俺は痛む体を起こしながら答える。フリージアも慌《あわ》ててマリアに向き直り、地面に片膝《かたひざ》をつく。最後の最後で、飛翔士《ルーラー》に手を貸してレースをぶち壊《こわ》した俺は、どんな処罰《しょばつ》も覚悟《かくご》した。

だが。

マリアはすうっと息を吸い込むと、一息に叫《さけ》んだ。


「こんなに面白いレースは初めてじゃ!!」


「……え？」

幼い皇帝は、小さい拳《こぶし》をぶんぶんと動かして、興奮しながら「実に面白かった！」と繰《く》り返した。

「見事な飛翔《ルーレ》、あっぱれな救出劇じゃった！　犯人も無事に取り押さえたし……これにて一件落着じゃ！」

「は、はあ……」

俺も、フリージアも、お互《たが》いにキョトンとしたまま顔を見合わせる。

「すごかったぜ！」「いいもの見せてもらった！」

それからは怒濤《どとう》だった。鳴りやまぬ万雷《ばんらい》の拍手《はくしゅ》、喝采《かっさい》と喧騒《けんそう》が会場を満たし、マリアは「ハッハッハッハッ！」と破顔一笑《はがんいっしょう》、空には紙吹雪《かみふぶき》が乱舞《らんぶ》し、客席の興奮を煽《あお》るように海風がうなり声を上げる。

まぶしい太陽と、抜《ぬ》けるような青空の下。

俺たちの飛翔会《ルーラ》が終わった。

【終　章】

Garet

事の顛末《てんまつ》を、手短に説明する。

警察の手によって、狙撃《そげき》犯は無事に逮捕《たいほ》された。

正体は天空塔《とう》の『祝賀旗手《エール・フラール》』で、何年も前から『仕事』のために帝室《ていしつ》に潜入《せんにゅう》していたのだという。旗の『竿《さお》』に銃身《じゅうしん》を仕込み、ゴールに向かってくる飛翔士《ルーラー》を狙《ねら》うという大胆《だいたん》な手口で、銃声は隣《となり》にいる祝砲手《しゅくほうしゅ》が掻《か》き消してくれることを計算に入れた上での犯行だった。二年前のフリージア狙撃事件についても現在取り調べ中だ。

肝心《かんじん》の動機は、やはりギャンブルだった。優勝候補のグロリアに何億も賭《か》けて、多額の当選金を受け取る。それが『黒幕』の基本的な狙いだった。だから今年も、そして二年前も、『グロリア優勝』のシナリオに邪魔《じゃま》だったフリージアが狙撃されたのだった。

ただ、今年は犯人にとって予想外のことが一つ起きた。ゴール前、あまりにも二人がギリギリの接戦を演じていたため、なかなかフリージアだけに狙いをつけることができなかったのだ。最初にグロリアが撃《う》たれたのは完全な『誤射』で、フリージアを狙って撃った弾《たま》が、いきなり前に出てきたグロリアに当たったものだった。

犯人は焦《あせ》った。グロリアが奇跡《きせき》的にレースに復帰したのはよいものの、このままでは自分の報酬《ほうしゅう》が無になるどころか、失敗の代償《だいしょう》に命まで狙われかねない。そこで計画外だったが、二度目の狙撃を行い、今度は狙いどおりフリージアに命中した。だが、この二発目があだとなり、犯人は現場を目撃していた帝室の役人に取り押さえられた。

そして肝心《かんじん》の天覧飛翔会《グラン・ルーラ》。

優勝したのはグロリア・ゴールドマリーだった。翼《つばさ》に銃撃を受け、血だらけになりながらゴールした姿は、飽《あ》くなき勝利への執念《しゅうねん》こそが彼女を女王たらしめていることを大衆にまざまざと見せつけた。

一方のフリージアは失格となった。これは、俺がゴール前で彼女を助けたことが理由だった。レース中の飛翔士に手助けをするのは重大な規定違反《いはん》だからだ。

俺とフリージア、そしてグロリアの三人は、会場からほど近いウィンダム帝立病院に入院した。

フリージアは奇跡的に軽傷だった。狙撃された『雪の翼』は粉々になって空に舞《ま》い散り、ほとんど見つかることはなかった。

「雪の翼が身代わりになってくれた」

砕《くだ》け散った破片を手に、感慨《かんがい》深げにつぶやいた少女の横顔が印象的だった。

○

退院の日は早かった。

着地の際に全身打撲《だぼく》を負った俺だったが、医者があきれるほどの速さで回復した。手当てが早かったことと、着地の際に柔《やわ》らかな砂浜がショックを吸収してくれたのが軽傷で済んだ理由だった。

俺とフリージアは、退院の日を最後に別れることになった。飛翔会《ルーラ》が終わった以上、いっしょにいる理由がなかったし、少女が「アキレス亭《てい》、やめるね。……ごめん」と穏《おだ》やかに告げたとき、俺には少女を引き止める言葉が見つからなかった。

——今日でお別れ、か……。

飛翔会が終わって三日目。

昼下がりに、俺はウィンダム帝立《ていりつ》病院を退院することになった。

病室を後にして、廊下《ろうか》を一人で歩く。窓から射《さ》し込む陽光は気持ちよいが、気分はあまり晴れない。

ギシッ、ギシッと患者《かんじゃ》用の義足を軋《きし》ませながら、廊下《ろうか》をしばらく進んだときだった。

——お。

廊下の隅《すみ》に、一人の少女がたたずんでいた。黄金の髪《かみ》が陽光を浴びて輝《かがや》いている。

「よう、グロリア」

声をかけると、グロリアはビクリとして、こちらを向いた。唇《くちびる》をギュッと締《し》め、やや緊張《きんちょう》した顔だ。

「なんだ、見送りに来てくれたのか？」

「…………」

グロリアは黙《だま》ったまま、質問には答えなかった。見れば、右の翼《つばさ》にはまだ包帯が巻かれていた。

「どうだ、怪我《けが》は？」

「……問題ありません」

「医者はなんて言ってる？」

「全治三ヶ月」

「おい、まだ安静にしてろよ」

「大丈夫《だいじょうぶ》です」

いつもの冷たい声で、少女は明瞭《めいりょう》に答えた。思ったより元気そうで、俺は少しほっとする。

「……先生」

「ん？」

「その……」

少女は目を伏《ふ》せたまま、何かをためらうように唇《くちびる》を噛《か》んでいた。長い睫毛《まつげ》が瞬《まばた》きのたびにかすかに揺《ゆ》れる。何かを言いたいのに、切り出せない表情。

「どうした？　……どこか痛むのか？」

俺が問いかけると、少女は顔を上げた。その表情は変わらぬ美しさと冷たさを備えていたが、同時に青い瞳《ひとみ》だけは陽光を浴びて揺れていた。

――なんだ……？

少女はしばらく俺を見つめたまま、じっと黙《だま》っていた。

そしてもう一度顔を伏せると、「……なんでもありません」と静かに答えた。

「では、これで」

少女は俺に背を向ける。

「グロリア」

俺が呼び止めると、少女の足はぴくりと止まり、わずかに振《ふ》り返った。

「ほらよ！」

俺はポケットから取り出した「それ」を放《ほう》り投げた。キラリと宙で放物線を描《えが》いたあと、それは彼女の手によって受け止められる。

「あ……」

グロリアが驚《おどろ》きの声を漏《も》らす。

「おまえのだ」

俺が投げたのは、前に彼女から預かったイヤリングだった。雪灰石《せっかいせき》の結晶《けっしょう》を加工して造られた、シンプルな直方体のデザイン。

「終わったら、返す約束だったよな。……あと」俺はそっと歩み寄り、彼女の頭にポンと手を載《の》せた。「遅《おそ》くなっちまったが――優勝おめでとう、グロリア」

そう言って、俺は彼女の頭をクシャクシャと撫《な》でた。それは昔、彼女が小さかったころに俺がよくやった仕草だった。

グロリアはびっくりして、

「や、やめてください」

俺の手から逃《のが》れるように身をのけぞらせた。

「私はもう子供ではありません」

「そうか？」

「そうです」

グロリアは、乱れた金髪《きんぱつ》を手で撫でつけながら、「もう……」と唇をとがらせた。拗《す》ねた表情を見るのもずいぶん久しぶりだった。

「帰ります」

彼女はイヤリングを胸に押しつけるようにして、俺に背を向けた。

ただ、去り際《ぎわ》、小さな声で「……先生」と言った。

「なんだ？」

俺が立ち止まると、彼女は静かにこう告げた。

「私、ギガンジュームには絶対負けませんから」

そう言うと、少女は金髪《きんぱつ》をなびかせて廊下《ろうか》の向こうへと消えて行った。

○

グロリアと別れて、廊下をさらに進む。

病院の入り口を出ると、今度は赤い髪《かみ》の少女が立っていた。今日はよくよく少女に待たれる日だ。

「よう」

俺が声をかけると、フリージアは驚《おどろ》いたようにビクッと体を震《ふる》わせた。杖《つえ》を持ち直し、背にしていた壁《かべ》から離《はな》れると、

「ひ、ひさしぶり……」

視線をそらしながら、妙に他人行儀《たにんぎょうぎ》な挨拶《あいさつ》をした。ここ数日は治療《ちりょう》や検査でバタバタしていたので、ろくに顔を合わせる機会もなかった。

「どうだ、調子は？」

「う、うん……」

そこで少女は、上目遣《うわめづか》いで俺をちらりと見て、「あなたこそ……どうなの？」と尋《たず》ねた。

「こんなのかすり傷さ」

手を上げて大げさに動かすと、少女は「そう……」と安心した顔になった。陽光を浴びて輝《かがや》く赤い髪は、今日はいつもより色が抜《ぬ》けて見えた。疲《つか》れているのかな、と瞬時《しゅんじ》に思った。

「少し、歩くか……？」

俺が促《うなが》すと、少女は「うん……」と曖昧《あいまい》な返事をした。

——変わらず、か。

飛翔会《ルーラ》が終わって以来、フリージアはずっとこんな調子だった。病院の廊下でばったりと出くわしたときも、二、三のやりとりをしたあと、逃《に》げるように去ってしまう。いっしょに暮らしていたころには考えられないよそよそしさに、俺は一抹《いちまつ》の寂《さび》しさを覚えた。

——長いこと、騙《だま》してたからな……。

少女の戸惑《とまど》いの理由は一つだった。俺の正体を知ってしまったこと——憧《あこが》れの飛翔士《ルーラー》が実は野蛮《やばん》な義翼《ぎよく》屋だったこと――それが二人の間に微妙《びみよう》かつ決定的な溝《みぞ》を作っていた。それもこれも、今まで黙《だま》っていた俺のせいだ。

病院を出ると、青い空が広がっていた。抜《ぬ》けるような晴天が、今日はひどく皮肉に感じられた。

今日で最後。そう思うと、小鳥のさえずりまでがひどく寂《さび》しげに聞こえた。こんな気持ちになったのはいつ以来か。俺らしくもない。

「いい天気だな……」

俺は空を見上げて、何気なくつぶやく。隣《となり》にいるフリージアは「そ、そう……ね」とどもりながら返す。すぐに会話が途《と》切《ぎ》れる。

綺麗《きれい》に手入れがされた芝生《しばふ》の上を、俺たちはゆっくりと歩いて行く。芝生の中央には大きめの花畑が広がり、うたた寝《ね》をしているかのように『飛翔花《ラフーラ》』のつぼみが風に揺《ゆ》れている。

「おまえ、これからどうするんだ」

俺は一番気になっていることを訊《き》く。

「……働く」

「どこで」

「…………」

フリージアは一瞬《いっしゅん》沈黙《ちんもく》したあと、「……探す」と答えた。

　また、会話が途切れる。俺たちは黙ったまま歩く。出口が近づいてくる。もうすぐ、すべてが終わる。

　病院の正門に着くと、俺たちは立ち止まった。

　飛翔会《ルーラ》の朝、号砲《ごうほう》を待つ間のように二人で向かい合う。

「妹のところに行くのか……？」

　会話のネタを探すように俺は訊いた。フリージアの妹はここからほど近い、さる商人の屋敷《やしき》に住み込みで働いていた。

「うん……。陛下のお許しも得られたし」

「……そうか」

　飛翔会での活躍《かつやく》により、フリージアは皇帝《こうてい》から『褒美《ほうび》』を与《あた》えられた。ギガンジューム家の再興は認められないものの、定期的に妹と会うことは許可するという内容だった。これにより、フリージアの当初の目的は不十分ながらも叶《かな》った格好になった。

　ただ、少女の顔は晴れない。

　俺が黙っていると、少女は視線を伏《ふ》せたまま、「じゃあ、行くね」と別れを告げた。

「達者でな」

「うん……」

　最後まで曖昧《あいまい》な返事をして、少女は背を向けた。杖《つえ》を突《つ》きながら、街の中へと歩いて行く。

燃えるような赤い髪《かみ》が、陽光を浴びて白く光り、やがてその光は、遠くの角を曲がって、消えた。

——終わった。

俺は目を閉じ、それから小さく息を吐《は》いた。この半年がまるで幻《まぼろし》だったような気分になり、気が滅入《めい》った。

しばらくは阿呆《あほう》のように立ち尽《つ》くした。小鳥が鳴き、風がそよぐ。

もう、少女はいない。二度と会うこともないだろう。

——帰るか……。

俺は力なく最初の一歩を踏《ふ》み出した。

そのときだった。

「こ、こら、放しなさい……っ！」

少女の声が聞こえた。

「ねえ、ちょっとブッフォン！　なんなの……？　どうしちゃったの……？」

振《ふ》り返ると、角の向こうから、ぬっと白く大きなものが姿を現した。それは一頭の四翼馬《ペーガ》で、その口にカプリと少女の襟《えり》をくわえて、こちらにカッポカッポと歩いて来た。少女は「こら、待ちなさい！　放しなさい！」とジタバタ暴れるが、その馬力の前にはなすすべもない。

俺は唖然《あぜん》としたまま、少女をくわえた馬が近づいてくるのを見つめる。

ブッフォンは俺の前まで来ると、どさり、と少女を地面に放《ほう》り出した。

「アイタタ……」

フリージアは腰《こし》をさする。

そして、顔を上げて俺と視線が合うと、「あ……」と声を漏《も》らした。

目を何度かパチパチさせて、お互《たが》い気まずそうに視線をそらす。しっとりした別れのはずが、こうなると台無しだった。

コホン、とそこで俺は咳払《せきばら》いをした。愛馬の粋《いき》な計らいに、ここは飼い主として応《こた》えなければならない。

「ノウスガーデン商店会所属『アキレス亭《てい》』」

俺が唐突《とうとつ》にそう言うと、少女は座り込んだ姿勢のまま、「……え？」と怪訝《けげん》そうな声を出した。


「――求人一名」


そして俺は、少女に向かって手を伸《の》ばした。

「日給六百ダールの住み込み。業務は家事と店番。……どうだ」

「どう、って……」

フリージアは目をそらす。

「だって、そんなの、め、迷惑《めいわく》だし——」

「ブッフォア！（バカモノ！）」

ビチャッ。

唾液《だえき》が飛んで、フリージアの顔にかかった。「う……」と少女は白い粘着質《ねんちゃくしつ》の液体にうめく。

「ブッフォンもこう言っている」

「……で、でも」

「ブッフォアッ！（まだ言うかっ！）」

ビチャビチャッと唾液攻撃《こうげき》が続いた。もう少女の頭はどろどろだ。

「ほら、観念しろ」

俺が微笑《ほほえ》むと、

「し……仕方ないわね……」

フリージアは上目遣《うわめづか》いにこちらを見ながら、
俺の手を握《にぎ》った。

「と、特別に……雇《やと》われてあげなくも……ないわ」

その言葉は偉《えら》そうだったが、頬《ほお》は朱《しゅ》に染まり、瞳《ひとみ》は潤《うる》んでいた。

「この際だから言っておくけど」立ち上がると、少女はブッフォンの唾液を拭《ぬぐ》いながら、大きな胸をそらして言った。「別にあなたが、オスカーだから雇《やと》われてあげるんじゃないからね。義翼《ぎよく》屋のあなたを――ガレット・マーカスを信用して雇われてあげるんだから」

「はあ？」

いきなりまくし立てられた俺は訳が分からない。

「何言ってんだおまえ。意味が分からん」

「………………」

フリージアはひとつ、大きなため息をついた。

「やっぱり、あなたはオスカーを見習ったほうがいいわ」

○

少女が鐙《あぶみ》に足をかけ、ブッフォンにまたがる。「じゃあ、行くか」と俺も飛び乗る。最初の行き先はもちろん、フリージアの妹のところだ。

「ブッフォアアアアアアア――――ッ！（しゅっぱぁ――――つ！）」

白馬が景気よく叫《さけ》び、その大きな翼《つばさ》を広げる。一陣《いちじん》の風が爽《さわ》やかにたてがみを揺《ゆ》らす。

ブッフォンが飛び立った直後だった。

「わあ……！」

フリージアが歓声《かんせい》を上げた。眼下では、馬のいななきに触発《しょくはつ》されたかのように、『飛翔花《ラフーラ》』が続々と飛び立ち始めていた。赤、青、黄、緑、紫《むらさき》、橙《だいだい》、白——色とりどりの花々が、病院の花畑からパタパタと浮かび上がってくる。それは虹色《にじいろ》のブーケを振《ふ》りかざした天空の大パレード。

「きれいね……」

「ああ」

そのとき、少女が俺の背中にギュッとしがみついた。

そして、こう言った。

「——大好き」

「……え？」

俺は思わず振り向く。

「ううん」

少女は俺の背中に頬《ほお》を押しつけながら、小さく補足した。

「ブッフォンのことよ」

「ブフッ……？（俺……？）」

まぶしい太陽が四枚の翼《つばさ》を煌《きら》めかせ、それは青い空に美しい銀色の軌跡《きせき》を描《えが》く。
天空の花園《はなぞの》を掻《か》き分けながら、白馬はどこまでも優雅《ゆうが》に翔《か》け上がっていった。

（了）

あとがき

この物語ではヒロインが墜落《ついらく》します。

私が『墜落』と聞いて思い浮かぶのは、ギリシャ神話に出てくる『イカロス』の話です。迷宮に閉じ込められたイカロスが、蠟《ろう》で固めた翼《つばさ》で脱出《だっしゅつ》を図《はか》る。しかし、最後は太陽の熱で翼が融《と》けてしまい、墜落してしまう。

この神話を思い出すたびに、私はふと思うのです。墜落したイカロスに、もし『その後』があったとしたら、きっと彼はまた空を目指したのではないか。再び翼を手に入れて、今度こそ、空を自由に飛ぼうとするのではないか——そんな気がするのです。

だから本作では、墜落した者の『その後』の話を書きました。一度は挫折《ざせつ》し、絶望し、文字どおり地の底に落ちたあとに、再び歯を食いしばって空を見上げ、傷ついた体で立ち上がる。前作の『雨の日のアイリス』が『再生』の物語なら、本作は『再起』の物語といえるかもしれません。思い出の人にもう一度会うという意味では『再会』の物語でもあります。

……と、力んでみたところで本作はやっぱり娯楽《ごらく》小説です。さらりと読んで一時《ひととき》の暇《ひま》つぶしにしていただけたなら本望《ほんもう》です。一巻完結ですからお手ごろですし！

本作も、多くの方にお世話になりました。

アスキー・メディアワークスの皆様《みな》、特に担当編集の土屋《つちや》様と荒木《あらき》様には大変お世話になりました。度重《たびかさ》なる改稿《かいこう》をお許しいただき、ただただ感謝です。

前作『雨の日のアイリス』に引き続き、可憐《かれん》なイラストを描《か》いてくださったヒラサト様。誠《まこと》に誠にありがとうございます。感謝感激です。

また、丁寧《ていねい》に原稿《げんこう》を見てくださった校閲《こうえつ》様、魅力《みりょく》的な装丁《そうてい》を手がけてくださったデザイナー様、印刷《いんさつ》工場の皆様や書店員の皆様など、この本が店頭に並ぶまでにお世話になったすべての方に改めて御礼《おれい》を申し上げます。誠にありがとうございました。

プライベートでお世話になった方まであげると本当にきりがありませんが、特に本作の執筆《しっぴつ》中には、WさんとKさんに大変お世話になりました。印税が入ったらぜひぜひ御礼をば。そして、いつも私を支えてくれる家族と親戚《しんせき》の皆さんに、改めて御礼を申します。

そして今、この本を手にとってくださっている読者の皆様。本当にありがとうございます。この本を読み終えたときに、優雅《ゆうが》に空を舞《ま》う少女の姿が少しでも瞼《まぶた》の裏に残っていたなら、著者として望外の喜びです。

涼《すず》しい七月の朝に　松山《まつやま》　剛《たけし》

◉松山　剛著作リスト

「雨の日のアイリス」（電撃文庫）

本書に対するご意見、ご感想をお寄せください。

■

あて先

〒102-8584 東京都千代田区富士見1-8-19
アスキー・メディアワークス電撃文庫編集部
「松山 剛先生」係
「ヒラサト先生」係

■

電撃文庫

雪《ゆき》の翼《つばさ》のフリージア

松山《まつやま》 剛《たけし》

発行　二〇一二年九月十日　初版発行

発行者　塚田正晃

発行所　株式会社アスキー・メディアワークス
〒一〇二-八五八四 東京都千代田区富士見一-八-十九
電話〇三-五二一六-八三九九（編集）
http://asciimw.jp/

発売元　株式会社角川グループパブリッシング
〒一〇二-八一七七 東京都千代田区富士見二-十三-三
電話〇三-三二三八-八六〇五（営業）

装丁者　荻窪裕司（META＋MANIERA）

印刷　株式会社暁印刷

製本　株式会社ビルディング・ブックセンター

ISBN978-4-04-886923-2 C0193

電撃文庫創刊に際して

文庫は、我が国にとどまらず、世界の書籍の流れのなかで〝小さな巨人〟としての地位を築いてきた。古今東西の名著を、廉価で手に入りやすい形で提供してきたからこそ、人は文庫を自分の師として、また青春の想い出として、語りついできたのである。

その源を、文化的にはドイツのレクラム文庫に求めるにせよ、規模の上でイギリスのペンギンブックスに求めるにせよ、いま文庫は知識人の層の多様化に従って、ますますその意義を大きくしていると言ってよい。

文庫出版の意味するものは、激動の現代のみならず将来にわたって、大きくなることはあっても、小さくなることはないだろう。

「電撃文庫」は、そのように多様化した対象に応え、歴史に耐えうる作品を収録するのはもちろん、新しい世紀を迎えるにあたって、既成の枠をこえる新鮮で強烈なアイ・オープナーたりたい。

その特異さ故に、この存在は、かつて文庫がはじめて出版世界に登場したときと、同じ戸惑いを読書人に与えるかもしれない。

しかし、〈Changing Times,Changing Publishing〉時代は変わって、出版も変わる。時を重ねるなかで、精神の糧として、心の一隅を占めるものとして、次なる文化の担い手の若者たちに確かな評価を得られると信じて、ここに「電撃文庫」を出版する。

1993年6月10日
角川歴彦

電撃文庫

雪の翼のフリージア

松山 剛
イラスト／ヒラサト

ISBN978-4-04-886923-2

そこは翼をもった人々が住む国だった。事故で己の翼と家族と暮らす夢を失った少女、フリージアは〝義翼〟職人ガレットのもとを訪れる。再び、誰よりも速く大空を駆けるために。

ま-13-2 2412

雨の日のアイリス

松山 剛
イラスト／ヒラサト

ISBN978-4-04-870530-1

ここにロボットの残骸がある。登録名称：アイリス。これは『彼女』の精神回路から抽出されて分かったその数奇な運命、そして出会いと別れの物語である……。

ま-13-1 2134

@HOME 我が家の姉は暴君です。

藤原 祐
イラスト／山根真人

ISBN978-4-04-870048-1

ひょんな事情から親類である『倉須家』の養子となった僕。だけどそこは、血の繋がらない七人のきょうだいたちが住むという一風変わった家で――。

ふ-7-23 2041

@HOME② 妹といちゃいちゃしたらダメですか？

藤原 祐
イラスト／山根真人

ISBN978-4-04-886270-7

倉須芽々子。高校一年生、十六歳。きょうだいたちにべったりな家族依存症。この素敵で厄介な妹を巡るあれこれといざこざを――今回はお贈りします。

ふ-7-27 2261

@HOME③ 長男と長女を巡る喧噪。

藤原 祐
イラスト／山根真人

ISBN978-4-04-886922-5

倉須家長男、高遠。倉須家長女、礼兎。我が家の大黒柱である彼らは、長年連れ添った夫婦のようでもあり――今回は、そんなふたりにまつわるエピソードです。

ふ-7-29 2408

電撃文庫

俺の妹がこんなに可愛いわけがない
伏見つかさ
イラスト／かんざきひろ
ISBN978-4-04-867180-4
「キレイな妹がいても、いいことなんて一つもない」妹・桐乃と冷戦状態にあった兄の京介は、ある日突然、桐乃からトンデモない〝人生相談〟をされ……。
ふ-8-5 1639

俺の妹がこんなに可愛いわけがない②
伏見つかさ
イラスト／かんざきひろ
ISBN978-4-04-867426-3
「責任とりなさい！」とある理由で桐乃を怒らせた京介に下った指令（人生相談）とは、『夏の想い出』作り。どうも都内某所で、なんたらとかいう祭りがあるらしく……。
ふ-8-6 1696

俺の妹がこんなに可愛いわけがない③
伏見つかさ
イラスト／かんざきひろ
ISBN978-4-04-867758-5
お互いの書いた小説で口論になった桐乃と黒猫。ところが何を間違ったのか、桐乃の書いた「ケータイ小説」が絶賛されて、近々作家デビューすることに……!?
ふ-8-7 1744

俺の妹がこんなに可愛いわけがない④
伏見つかさ
イラスト／かんざきひろ
ISBN978-4-04-867934-3
沙織が開いた桐乃のケータイ小説発売記念パーティに招かれた京介。そこには何故かメイド姿の桐乃がいて……。そして、桐乃の〝最後の人生相談〟とは——？
ふ-8-8 1803

俺の妹がこんなに可愛いわけがない⑤
伏見つかさ
イラスト／かんざきひろ
ISBN978-4-04-868271-8
「じゃあね、兄貴」——別れの言葉を告げ、俺のもとから旅立った桐乃。……別に寂しくなんかないけどな。〝先の読めない〟ドラマチックコメディ、第5弾！
ふ-8-10 1876

電撃文庫

俺の妹がこんなに可愛いわけがない⑥
伏見つかさ
イラスト／かんざきひろ

ISBN978-4-04-868538-2

あやせから新たな相談を受けたり、友人の赤城とアキバ巡りをしたりと、いつもの（?）騒々しい日常が戻ってきたかと思いきや……沙織の様子がおかしい!?

ふ-8-11　1938

俺の妹がこんなに可愛いわけがない⑦
伏見つかさ
イラスト／かんざきひろ

ISBN978-4-04-870052-8

「――あんた、あたしの彼氏になってよ」桐乃の思わぬ〝告白〟に、京介は――？　シリーズ最大級の山場（?）を迎える、ドラマチックコメディ第7弾!!

ふ-8-12　2031

俺の妹がこんなに可愛いわけがない⑧
伏見つかさ
イラスト／かんざきひろ

ISBN978-4-04-870486-1

「私と付き合ってください」新たな局面を迎えた恋愛模様。黒の予言書『運命の記述』に秘められた少女の〝願い〟とは!?　兄妹の関係にも、一大転機が訪れる――？

ふ-8-13　2122

俺の妹がこんなに可愛いわけがない⑨
伏見つかさ
イラスト／かんざきひろ

ISBN978-4-04-870813-5

『あたしの姉が電波で乙女で聖なる天使』『カメレオンドーター』『突撃　乙女ロード！』『過ちのダークエンジェル』他。それぞれの視点で語られる特別編！

ふ-8-14　2185

俺の妹がこんなに可愛いわけがない⑩
伏見つかさ
イラスト／かんざきひろ

ISBN978-4-04-886519-7

最近兄妹の仲が良すぎるという母親の疑念を晴らすべく(?)、一人暮らしを始めた京介。ところが次から次へと訪れる女性陣に、ついには桐乃がキレてしまい!?

ふ-8-15　2306

俺の妹がこんなに可愛いわけがない⑪

伏見つかさ
イラスト／かんざきひろ

ISBN978-4-04-886887-7

『引っ越し祝いパーティ』の場で交わされた〝約束〟を果たすため、田村家を訪れた桐乃と京介。高坂兄妹、そして麻奈実の過去が今、明かされる……！

ふ-8-16 2397

僕と彼女のゲーム戦争

師走トオル
イラスト／八宝備仁

ISBN978-4-04-870554-7

地味ながらも平穏な日常を送っていた僕は、いきなり弱肉強食の凄まじいゲーム戦争に巻き込まれてしまう。呆然とする僕の横には、憧れの女子生徒が――。

し-15-1 2149

僕と彼女のゲーム戦争2

師走トオル
イラスト／八宝備仁

ISBN978-4-04-886080-2

ゲーム大会で惨敗した岸嶺はなんとか立ち直り、目の前の課題にとりかかる。そう！ ゲーム大会にチームで参加するには、4人目のメンバーを探さないと！

し-15-2 2249

僕と彼女のゲーム戦争3

師走トオル
イラスト／八宝備仁

ISBN978-4-04-886478-7

金髪ロリ巨乳・杉鹿が加入し、ゲーム大会で初めてのチーム戦に挑むことになる、岸嶺たち現代遊戯部。その試合会場で、岸嶺は意外な少女と出会う……!?

し-15-3 2334

僕と彼女のゲーム戦争4

師走トオル
イラスト／八宝備仁

ISBN978-4-04-886889-1

ライバルの駿河坂学園から挑戦状が届き、現代遊戯部の面々は沸き立つ！ 決戦へ向け、岸嶺は猛特訓を始めるのだが……。さて、今回登場する実名ゲームは――!?

し-15-4 2410

電撃文庫

楽聖少女
杉井 光
イラスト／岸田メル

ISBN978-4-04-886566-1

悪魔メフィストフェレスと名乗る女によって楽都ウィーン（風世界）に転生させられた僕は、稀代の天才音楽家と出会う。絢爛ゴシック・ファンタジー、開幕！

す-9-17　2331

楽聖少女2
杉井 光
イラスト／岸田メル

ISBN978-4-04-886896-9

ナポレオン襲来で緊迫するウィーンに現れたのは、不吉な銃を操る若き音楽家。復讐に燃える彼には、悪魔の影が……。絢爛ゴシック・ファンタジー、第2弾！

す-9-18　2402

デュアル・イレイザー
折口良乃
イラスト／黒銀

ISBN978-4-04-886565-4

大人気アーケードゲーム『デュアル・イレイザー』――負け続きの俺・東城刀雅の新パートナーは二人搭乗型ゲームを一人で操ってしまう全国ランク一位の美少女で……!?

お-13-10　2333

デュアル・イレイザーII
折口良乃
イラスト／黒銀

ISBN978-4-04-886924-9

カイとの対戦でパートナーとして認められた刀雅は、紀沙羅からゲーム中に突然現れるという幽霊イレイザーの噂を聞く。その頃、桐也は噂のイレイザーと対戦中で……!?

お-13-11　2414

ヴァルトラウテさんの婚活事情
鎌池和馬
イラスト／凪良

ISBN978-4-04-886886-0

神々しき美貌をもつ戦乙女《ワルキュリエ》のお姉さんと、彼女に一目惚れした人間の少年。相思相愛な二人のはずが、一人は『奥手』、一人は『天然』という超面倒なカップルで!?　北欧コメディ！

か-12-37　2399